Frank Forster · Die Liebe der Seepferdchen

Man kann alles lernen mit der Zeit, auch die Liebe. So wenigstens denken die Seepferdchen in den Weiten des Ozeans. Gleichwohl verlieren sogar sie ab und an die Geduld. Aber lauschen wir doch einen Augenblick lang der Herzogin aus dem Königreich der Seegräser, das tief im Meer um die hübsche Insel Doña Elvira del Caribe herum liegt. Ihre Worte richten sich an ein kleines, ein wenig störrisches Männchen …"

Frank Forster

Die Liebe
der Seepferdchen

Erzählungen

Mit Illustrationen von Ma. Dolores Sevilla

Für Paula, Pia und Konrad

© 2013 Frank Forster
Satz und Layout: Buch&media GmbH, München
Umschlaggestaltung: Kay Fretwurst, Freienbrink
Herstellung u. Verlag: BoD – Books on Demand
Printed in Germany
ISBN 978-3-8482-4383-9

»Jeder, der fällt, hat Flügel.«

Ingeborg Bachmann

Der Schmetterling und die Rose

Vor langer, langer Zeit, noch bevor die Welt plötzlich zu wachsen begonnen hatte, um sich dereinst in immer größer werdenden, bald unüberschaubaren Ausmaßen zu verlieren, zu einer Zeit also, als jeder noch den anderen kannte und sorgsam und freundlich auf ihn achthatte, gab es ein Königreich, in dem sich ein wunderschöner Garten befand, der so groß war, dass man mit bloßem Auge nicht von einem Ende zum anderen sehen konnte. Dort flatterten auf den ältesten Bäumen des Landes Vögel jeglicher Gattung umher, und aus demselben Boden sprossen auf wundersame Weise Blumen aus allen Erdteilen und gediehen fröhlich nebeneinander – zur Verwunderung der Gelehrten, die täglich mit ihren Büchern, Vergrößerungsgläsern und enormen Schreibblöcken schweigend auf und ab spazierten. 900 Gärtner, allesamt ausgewiesene Experten auf ihrem jeweiligen Gebiet, versahen ungestört die glückliche Kunst des Gartenbaus, von den vielen Besuchern, die vor allem im späten Frühling herbeiströmten, wenn der Garten besonders prächtig war, respektvoll aus der Ferne betrachtet.

Jeden Morgen nach dem Erwachen blickte der König gemeinsam mit seiner Königin durch sein mächtiges Fenster auf seinen Garten und stellte immer dieselbe Frage:»Ist unser Garten nicht schön?« Und die Königin, die ihren Gemahl von ganzem Herzen liebte und ihm deshalb nie widersprach, antwortete ein ums andere Mal: »Wie recht du hast, mein König, dies ist der herrlichste Garten der ganzen Welt!«

Und wer sollte auch nur den allergeringsten Zweifel an ihren Worten hegen? War doch alles an ihm reinster Liebreiz und köstlichster Luxus. In langen Aufsätzen, die in den großen Zeitschriften des Königreichs erschienen, debattierten die angesehensten Spezialisten des Landes ununterbrochen darüber, welcher Platz im Garten denn der allerschönste sei. Manche meinten, es sei zweifellos das Labyrinth, das ich seltsamerweise bisher unerwähnt gelassen habe, obwohl es sich doch um ein wirklich außerordentlich faszinierendes Kunstwerk aus erlesenen japanischen Ziersträuchern handelte, die dergestalt angeordnet waren, dass, war man einmal hineingeraten, man niemals ohne die Hilfe der Gärtner wieder hätte hinausfinden können. Andere wiederum gaben ihre Stimme dem Rasen, dessen sattes Grün nicht nur die Augen in Erstaunen versetzte, sondern auch die Seele unendlich zu beruhigen wusste, und der just zu diesem Zwecke jeden Tag von 9000 Arbeitern mit feinsten Nagelscheren aufs Sorgsamste getrimmt wurde. Aber gleich, was die gelehrte Welt auch sagte, all dies wurde für den König bei Weitem übertroffen von dem Rosenbeet, in dem der schönste Schmetterling lebte, der jemals auf Erden geweilt hatte.

Dieser Schmetterling nun besaß Flügel, die im Lichte der Sonne wie reinstes Gold funkelten und alles, was auch nur durch ihr Schattenbild berührt wurde, empfing einen Glanz, der alle Schätze dieser Welt gleich tausendfach übertrumpfte. Sein zerbrechlicher und eleganter Körper hingegen war zedernfarben und seine Augen vom tiefen Grün der Smaragde.

Jeden Morgen geriet der König vor seinem mächtigen Fenster in staunende Bewunderung ob des Schmetterlings, der über sein Rosenbeet segelte und eine Blüte nach der anderen besuchte, und dabei füllten sich seine Augen mit Tränen, wenn er auszurufen pflegte: »Wie unendlich schade ist es doch, dass ich nur ein König bin und kein Dichter! Wäre ich ein Dichter, so könnte ich dem Flug meines Schmetterlings doch wenigstens mit meinen Worten folgen. Ach, meine Königin, wie schön ist doch unser Schmetterling!«

Und die Königin, die ihren Gemahl von ganzem Herzen liebte und ihm deshalb nie widersprach, antwortete ihm ein ums andere Mal: »Du hast recht, mein König, er ist der herrlichste Schmetterling auf der ganzen Welt!«

Anschließend begannen sie ihr Tagwerk. Der König wandte sich dem anspruchsvollen und ernsten Geschäft des Regierens zu und die Königin überließ sich ganz ihrer Leidenschaft für das Spinnen, der Lektüre ihrer umfangreichen Liebesromane und natürlich der Erziehung der kleinen Prinzessin. Bei alledem waren ihre Herzen beseelt und keine Aufgabe erschien ihnen zu beschwerlich oder gar unlösbar. So vergingen ihre Tage.

Von den Rosen erzählte man sich im Königreich, dass, wenn ein Verehrer seiner Angebeteten eine solche schenke, sie sich auf der Stelle unweigerlich und für ihr ganzes Leben in ihn verliebe. Doch so etwas ist in Wirklichkeit niemals geschehen. Kein Mensch hätte es gewagt, auch nur eine einzige zu pflücken, hatte dies doch der König selbst unter Androhung des sofortigen Vollzugs der Todesstrafe strengstens untersagt.

Der Schmetterling flog unterdessen leichten Sinnes über seine Rosen und hörte sie sagen:»Herrlicher Schmetterling, komm zu meiner Blüte, hier findest du den süßesten Nektar.«

Woraufhin er lächelnd antwortete:»Meine lieblichen Rosen, habt keine Sorge, ich komme zu euch allen. Ach, wisst ihr denn nicht? Ich liebe euch doch alle.«

Sobald er sich aber einer bestimmten Blüte genähert hatte, jammerten die anderen:»Warum fängst du nicht bei uns an? Was hat sie, was wir nicht haben?«

Nachsichtig antwortete ihnen daraufhin der Schmetterling:»Ihr anmutigen Rosen, wartet nur ein Weilchen, gleich bin ich bei jeder von euch.«

Doch diese gaben zurück:»Herrlicher Schmetterling, siehst du denn nicht den Tau an unseren Blüten? Das sind die Tränen, die wir in der Nacht um dich weinten.«

Darauf entgegnete er nun wieder:»Geduldet euch nur einen Augenblick, meine Schönen, gleich werde ich eure Wangen küssen und eure Seelen trösten.«

So gingen die Jahre ins Land und alle waren dabei so glücklich und zufrieden, wie man es sich nur vorstellen kann.

Eines Tages brachten die Gärtner eine neue Rose in

das Beet, pflanzten sie behutsam neben die anderen und blieben lange nachdenklich vor ihr stehen, bis einer von ihnen bemerkte: »Welch ein kostbares Exemplar einer Rose!« Und ein anderer ergänzte: »Wie erstaunlich und sonderbar die Umstände, unter denen man sie erst kürzlich nur wenig unterhalb der schneebedeckten Gipfel des Himalaja entdeckte!«

Und tatsächlich, die Rose sah fremd und selten aus: Ihre Blüten waren fliederfarben und von ausgesuchter Zartheit und erstaunlicher Durchsichtigkeit, ihre Blätter wiesen kaum wahrnehmbare Adern auf, ihre Dornen waren bedrohlich fest und äußerst spitz und ihrem ganzen Wesen wohnte etwas derartig Zerbrechliches, Graziles und Stolzes inne, als stamme sie aus einem uralten Adelsgeschlecht.

Die anderen Rosen tauschten sich zuerst flüsternd untereinander aus, dann beschlossen sie schließlich, sie anzusprechen. Doch die Rose verweigerte sich ihnen und verfolgte jedes ihrer Worte nur mit undurchdringlichem Schweigen, was unsere Rosen aber nicht weiter störte. Sie hatten ja aneinander genug.

Dem Schmetterling seinerseits fiel die neue Schönheit unter seinen Rosen zuerst gar nicht auf, denn seine Arbeit beanspruchte ja seine ganze Aufmerksamkeit, bis er sie gegen Ende des Tages endlich doch entdeckte. Behutsam näherte er sich ihr – da schloss sie auf einmal ihre Blüte. Der Schmetterling war überrascht.

»Wer ist diese Rose?«, fragte er sich. »Warum lässt sie mich nicht zu sich kommen?«

Als sich dies am nächsten und übernächsten Tag wiederholte, verließ den Schmetterling sein froher Mut und zum ersten Mal in seinem Leben war er unglücklich. Seine Flügel fühlten sich seltsam schwer an und die schönen Worte, die die Rosen sprachen, um ihn anzulocken, berührten ihn nicht mehr.

Dem König war dies natürlich nicht verborgen geblieben und sobald er des Schmetterlings in seinem niedergeschlagenen Zustand ansichtig geworden war, hatte er, mit entsetzt aufgerissenen Augen, sogleich seine Gattin angesprochen: »Siehst du unseren Schmetterling? Er scheint krank zu sein. Ich muss sofort nach ihm sehen.«

Und die Königin, die ihren Gemahl von ganzem Herzen liebte und ihm deshalb nie widersprach, antwortete: »Wie recht du hast, mein König. Geh und sieh nach ihm. Wer sonst könnte ihm helfen, wenn nicht du?«

Ihre Worte waren noch nicht verklungen, da hastete er schon in Richtung Beet, wo er auf eine Abordnung seiner Gärtner traf, denen das Unglück des Schmetterlings naturgemäß ebenfalls nicht entgangen war.

»Sagt mir, was geschieht ihm? Gebt mir eine Erklärung! Ich muss es wissen«, keuchte er atemlos.

»Großherziger König«, sprach unter ihnen der Älteste, dessen Bart, wellig und weiß, bis zum Boden hinunter reichte, »unser Schmetterling ist, es gibt da keinen Zweifel, krank …«

»Wie kann er krank sein?«, unterbrach ihn der König. »Findet er denn in meinem Garten nicht alles, war er braucht?«

»Es handelt sich um etwas Außergewöhnliches«, begann der Gärtner von Neuem, »anscheinend leidet er an einer Krankheit der Seele.«

»Krankheit der Seele«, wiederholte der König, ohne zu begreifen.

»Nun«, sprach der Gärtner mit leiser Stimme, »so unglaublich es klingt, der Schmetterling leidet wegen einer Rose.«

»Wegen einer Rose?«, rief der König zornig, »Zeig mir diese Unverschämte und ich werde sie mit eigenen Händen herausreißen.«

Doch noch bevor der König sich auf das Beet stürzen und auf die Suche nach der unheilvollen Rose begeben konnte, geschah etwas Unglaubliches. Der Schmetterling, der seitwärts auf einer Blüte gelegen hatte und für jede Bewegung zu schwach erschienen war, stieg auf einmal in die Luft. Dabei zitterten seine Flügel aber so stark, dass alle, insbesondere der König, fürchteten, er könnte jeden Augenblick leblos zu Boden stürzen. Aus der Gruppe der Gärtner waren nun Rufe zu vernehmen, wie man sie im Zirkus hört, wenn dort die Akrobaten unter dem Dach des Zeltes ihr Leben riskieren. Dem Schmetterling war einstweilen die Anstrengung und das Gewicht seiner Flügel überdeutlich anzumerken und er hätte sein Unterfangen wohl kaum zu einem glücklichen Ende führen können, wäre ihm nicht im letzten Augenblick ein plötzlicher Windstoß zu Hilfe gekommen und er infolgedessen auf die Schulter des Königs gelangt, der die ganze Zeit über reglos das Schauspiel beobachtet hatte. Niemand wagte es, ein Wort zu sagen, während sich der Schmetterling lange Minuten, die sich bald zu einer Ewigkeit zu dehnen schienen, erholte. Dann endlich bewegte er leicht sein Haupt, was den alten Gärtner dazu veranlasste, seinem Herrscher zuzuflüstern:»Der Schmetterling möchte Eurer Majestät etwas mitteilen.«

Der König war daraufhin so verblüfft, dass er ohne weiteres Nachdenken seinen Kopf senkte und mit einem Gefühl von Schrecken und Staunen der Stimme des Schmetterlings lauschte, die so dünn und zerbrechlich war, dass sie kaum vernommen werden konnte. Ohne die Tonstärke zu ändern – als wüsste er, dass sein Herr ein im ganzen Königreich gerühmtes Gehör besaß – trug nun der Schmetterling sein Anliegen vor:»Mein gütiger König und mein weiser und achtsamer Gebieter über diesen herrlichen Garten«, so sprach, nein, flüsterte oder besser noch hauchte er,»Ihre Sorge ehrt mich zutiefst, doch ich bitte Euch, tut der Rose nichts! Wie könnte ich sonst weiterleben? Ich liebe sie doch so sehr!«

Die letzten Worte waren so leise gesprochen, dass ihr Sinn dem König zunächst dunkel blieb. Gleichwohl, ebenso wie uns selbst manches Mal wenige Bruchstücke genügen, um das große Ganze zu erraten, so wusste auch der König aus dem Wenigen, das er mit Sicherheit verstanden hatte, das Richtige zu deuten.

»Er liebt«, ließ er sich gänzlich niedergeschlagen vernehmen, woraufhin unter den Umstehenden ein verschämtes Räuspern zu vernehmen war, das jedoch rasch vom betretenen Schweigen aller abgelöst wurde. Nach einer respektvollen Frist gab dann der mit besonderem Takt- und Feingefühl gesegnete alte Gärtner bekannt: »Schmetterlinge leben für die Liebe. Eine Zurückweisung können sie nicht ertragen. Werden sie abgewiesen, so müssen sie sterben. Unsere Rosen wissen das und genießen die Liebe gemeinsam mit unserem Schmetterling. Wer weiß, vielleicht hat die Neue keine Kenntnis davon.«

Kaum dass der alte Gärtner zu Ende gesprochen hatte, öffnete die neue, fremde Rose ihre Blüte und der Schmetterling, dies gewahr werdend, erhob sich – zunächst schwerfällig, doch bei jedem Flügelschlag mit zunehmender Kraft – und flog von der Schulter des Königs zur Rose hin.

Die Wirkung dieser Tat war unglaublich: Der König weinte und lachte zur gleichen Zeit, die hinzugeeilten Wächter machten Luftsprünge, die Gelehrten verzeichneten den Vorgang in ihren Notizbüchern und die Gärtner brachten ihre Freude so deutlich zu Gehör, dass der König, leicht indigniert, bald um Ruhe bitten musste.

Unterdessen sprachen die Rose und der Schmetterling miteinander, ohne dass irgendjemand sie hören konnte.

»Verzeih mir, mein Schmetterling, ich habe dich schlecht behandelt. Ich hielt dich für eitel, eingebildet und oberflächlich. Was wusste ich schon von deiner Seele? Kannst du mir verzeihen?«

»Ach, wie könnte ich das nicht, meine schöne Rose? Ich liebe dich ja so sehr.«

Und so endet unsere Geschichte. Viele Jahre noch wird

unser König Morgen für Morgen nach dem Erwachen gemeinsam mit seiner Gemahlin durch das mächtige Fenster hinaus auf den Garten blicken und von ihr wissen wollen, ob ihr Garten nicht schön sei.

Und noch viele Jahre wird die Königin, die ihren Gemahl von ganzem Herzen liebte und ihm deshalb nie widerspricht, antworten: »Wie recht du hast, mein König, dies ist der herrlichste Garten der Welt!«

Die Gärtner aber erzählten alles, was sie gesehen und gehört hatten, dem Geschichtsschreiber des Königreichs und so geschah es, dass der Schmetterling mit den prächtigen Flügeln und dem leichten Sinn zusammen mit seinen Rosen in die Ewigkeit einging.

Der Engel vom niedrigsten Rang

Wie jedermann weiß, leben die Engel in einem Schloss aus vollkommen transparentem Eis hoch oben über den Wolken. Dieses Schloss besitzt über 9000 Zimmer und einen großen Saal, in dessen Mitte, auf einem prunkvollen Thron, Gott Vater residiert, umringt von den klügsten und mächtigsten seiner Diener, den viele Jahrhunderte vor der Erschaffung der Welt geborenen 90 Erzengeln. An den Wänden des Saales, durch riesige Kronleuchter in helles Licht getaucht, hängen die Gemälde, welche nicht nur die Geschichte der Menschheit von Anbeginn erzählen, sondern zugleich auch das geheime Vorbild aller Bildnisse dieser Welt sind. Die Engel der niederen Ränge erhalten keinen Zutritt zu diesem Saal und sie bekommen die Engel der höheren Ränge auch niemals zu Gesicht.

Neuankömmlinge, die in der Rangfolge die untersten, von allen verschmähten Plätze einnehmen, müssen in winzigen Zimmern hausen, in denen sich nur ein Bett, ein Stuhl und ein Schreibtisch befinden. Die Zimmer wiederum führen hinaus auf kleine Balkone, von denen aus man auf die ganze Welt hinunterblicken kann. Auf Gottes Geheiß tragen diese Engel keinen Namen und dürfen ihre Unterkunft auch nicht verlassen, sodass ihre einzige Zerstreuung darin besteht, das Leben der Menschen in der Tiefe zu beobachten und Aufzeichnungen darüber zu machen.

Der Engel, von dem diese Geschichte erzählen will, war sehr klein, ja, sein Körper glich eher dem eines Kindes. Seine Stirn war schneeweiß, er besaß schwarz glänzendes, lockiges Haar, runde, rosige Wangen und sanfte Lippen, die eine Unschuld ausstrahlten, wie wir sie nur von Neugeborenen kennen. Seine ganze Erscheinung war anmutig und lieblich, und hättet ihr ihn in der Ferne sehen können, wie er auf seinem Stühlchen saß, den Kopf auf den Armen ruhend, die er über der Balkonbrüstung verschränkt hatte, so hätte dieser Anblick euer Herz sicher vor Verzückung in die Höhe springen lassen. In Wahrheit jedoch war der Engel unglücklich. In seinem Gesicht spiegelte sich tiefe Traurigkeit und in seinen blauen Augen standen immer Tränen wegen des Elends, das er unten in der Welt sah. Das Papier des Folianten, den er auf Anordnung führen musste, war schon feucht und die Tinte verlief auf den Seiten, weshalb man kaum noch entziffern konnte, was dort geschrieben stand.

Der Engel war noch jung, keine 300 Jahre alt, und hatte seine Gefühlsverwirrung – so drückten sich die Engel der höheren Ränge aus – noch nicht ausgestanden. Er begriff nicht, dass alles, was geschieht, geschehen muss, und dass die Engel kein Recht haben, in irgendeiner Weise in den Ablauf der Welt einzugreifen. Einzig erlaubt ist ihnen, den Menschen von ihren kleinen Balkonen aus Worte zuzurufen, um sie daran zu hindern, ihre bösen Taten zu begehen.

Aber ach, nur selten glückte dies. Noch so sehr konnte unser Engel seine Backen aufblasen, um mit aufgeregtem und erschrockenem Herzen seine Worte in Richtung Erde zu schicken, seine Augen mussten doch den schrecklichsten Taten zusehen und seine zitternde rechte Hand musste aufschreiben, was seine tränenerfüllten Augen gesehen hatten. So trostlos und grausam erschien ihm die Welt, dass es sein Herz sicher zerrissen hätte, wären da nicht die beiden Mädchen aus dem kleinen Haus mit dem schmalen Garten gewesen. Ach, sie waren ihm ja so lieb, dass er bei ihrem Anblick jedes Mal von seinem Balkon aufsprang und Jubelrufe in die Wolken unter ihm schickte.

Wie glücklich er war, wenn die beiden Kleinen mit ihren wenigen Spielsachen, unter denen zwei winzige, abgewetzte Püppchen ihnen besonders lieb waren, zusammen spielten. Und wie sorgfältig er ihr Aussehen, ihre Blicke und ihr Lachen beschreiben konnte! Nichts entging ihm, keine der unzähligen Farben auf ihren Frühlingskleidchen, keine Strähne ihrer sonnendurchfluteten Haare, ja nicht einmal der Schmutz unter ihren Fingernägeln. Und jedes ihrer Worte und jede der zärtlichen und liebevollen Gesten, die sie miteinander tauschten, wusste er sich in Erinnerung zu rufen.

So verbrachte unser Engel seine Tage auf seinem Balkon, bis er eines Tages einen Dieb erspähte, der sich dem schmalen Garten näherte. Des Nachts waren die Mädchen oft allein, waren ihre Eltern doch von Beruf Schauspieler, die so wenig verdienten, dass sie nicht daran denken konnten, jemanden kommen zu lassen, der sich um die beiden kümmerte, wenn sie am Abend eine Vorstellung hatten. Bevor sie gingen, verwöhnten sie ihre Töchter nur noch mehr als sonst. Sie strichen ihnen lange liebevoll über ihre Köpfe und trugen sie dann in ihre kleinen Bettchen, wo sie ihnen erklärten, dass während ihrer Abwesenheit die Engel im Himmel nach ihnen sehen und sie beschützen würden. Die Mädchen beklagten sich nie. Sobald ihre Eltern fortgegangen waren, legte sich die Jüngere zu ihrer Schwester ins Bettchen und ihre kleinen Körper spendeten sich gegenseitig Wärme und Geborgenheit, bis beide, nachdem sie noch ein paar leise, liebevolle Worte untereinander gewechselt hatten, friedlich einschliefen.

In jener Nacht waren sie bereits eingeschlummert, als der Dieb, der sicher wusste, dass ihre Eltern nicht zu Hause waren, sich heranschlich. Oh, wenn ihr in jenem Augenblick unseren Engel gesehen hättet! Mit weit geöffneten Augen, bleichen Lippen und zitternden Händen stand er da, beseelt nur von einem einzigen, sich rasch wiederholenden Gedanken: »Ich muss das verhindern, ich muss das verhindern, ich muss …«

So erhob er sich von seinem kleinen Balkon und flog auf den Dieb zu, der sich gerade auf der obersten Sprosse seiner Leiter befand. Kurz bevor er das Fenster zum Zimmer der Mädchen öffnen konnte, bemerkte er verwundert, wie er durch einen Luftzug in einen anderen Teil der Stadt getragen wurde, wo er, behutsam auf einer Parkbank niedergelegt, bald darauf einschlief. Damit er nicht fror, legte der Engel eine Decke über ihn und eilte davon. Am folgenden Tag erwachte der Dieb aus seltsamen Träumen und hatte bereits alles vergessen. Unser Engel jedoch war zu den Mädchen zurückgekehrt und hatte sich, nachdem er lautlos ihr Zimmer betreten hatte, zu ihnen gelegt, weil er fürchtete, das Auftauchen des Eindringlings habe ihren Schlaf gestört.

Mit verhaltener Stimme erzählte er ihnen nun die schönsten und lustigsten Geschichten, die er kannte: die vom bunten Elefanten und seinen farbenblinden Kindern; die vom Mäuserich und seiner Frau, der Katze; die vom Lama, das sich nicht mit Spucke waschen wollte; von der Wolke, die sich zu den Sternen aufmachte; dem Schuh, der losmarschierte, sein Alter Ego zu finden; und endlich von der Spinne, die sich über Besen beklagte. Während er dies alles zum Besten gab, legte sich eine große Zufriedenheit und Ruhe über die Gesichter der Mädchen. Bisweilen hörte er sie sogar über die lustigen Dinge, die er ihnen erzählte, lachen, während sie sonst unbeweglich und mit geschlossenen Lidern friedlich in ihren Bettchen ruhten.

Doch nun war es Zeit für ihn zu gehen. Dies war der Moment, den er gefürchtet hatte, denn er wusste, die Nachricht von seiner Tat war längst schon ganz oben im Eisschloss angelangt. Einen letzten Blick schenkte er noch den Mädchen (oh, welch süßer und schmerzlicher Blick!), dann stieg er durch das Fenster, öffnete seine leichten Flügel und flog zurück zu seinem kleinen Balkon.

Dort wurde er bereits erwartet. Kaum angekommen, öffnete sich die kleine Tür, die immer verschlossen gewesen war, und er vernahm die Worte:»Engel, du hast das Gesetz Gottes gebrochen. Tritt ein und erwarte dein Urteil!«

Ohne in dem pechschwarzen Dunkel dahinter etwas erkennen zu können, irrte er den Gang entlang, bis er an dessen Ende vor eine Tür gelangte, auf der er in goldenen Lettern die Worte lesen konnte:

»Ich starb als Stein und wuchs als Pflanze auf.
Ich starb als Pflanze und wurde zum Tier.
Ich starb als Tier und wurde zum Menschen.
Wovor fürchte ich mich? Was habe ich verloren?
In alle Ewigkeit besitze ich Engelsflügel.
In alle Ewigkeit werde ich das Loblied auf
Gottes Liebe singen.«

Oh, nun war unser Engel von großer Angst erfüllt. Jäh gaben seine Knie nach und sicherlich wäre er zu Boden gestürzt, wären da nicht zwei Diener Gottes gewesen, die ihn an den Schultern gestützt und zum Saal der 90 geführt hätten. In dem Saal der weisesten und mächtigsten Engel, die viele Jahrhunderte vor der Schöpfung des Universums erschaffen worden waren, saßen nun in der zweiten und dritten Reihe die Cherubim und Seraphim mit ihren Feuerschwertern in den Händen, während in der ersten mit weißen Flügeln und klugen Gesichtern unmittelbar vor Gott die Erzengel, unter ihnen Gabriel,

Michael, Raphael, Uriel, Jophiel, Zadkiel und Camael, Platz genommen hatten. Die Berühmtesten, Gewaltigsten und Größten also, von denen Krüge im alten Ninive, Mosaike aus den Ruinen Karthagos, die Fresken in den romanischen Kirchen Ravennas und Gemälde von Michelangelo, Raffael und Rubens künden.

Wie konnte sich vor ihnen unser Engel anders als unbedeutend, klein und schwach fühlen? Ohne zu zögern warf er sich vor allen zu Boden; dabei glaubte er für einen Moment, er sei aus seinem Körper gefallen, denn außer seiner Kehle, die sich holzig und trocken anfühlte, spürte er sich selbst nicht mehr. So blieb er regungslos liegen und lauschte dem, was weiter geschah.

Zunächst erhoben sich die Cherubim und Seraphim von ihren Stühlen und richteten sich mit lauter Stimme an ihn, wobei sie die Schwerter hoch über ihren Köpfen kreisen ließen. Als sie geendet hatten, brach ein ohrenbetäubender Lärm los. Alle riefen gleichzeitig durcheinander und wetteiferten darin, sich in ihrem Zorn über unseren Engel zu übertreffen, wobei sie so heftig mit ihren Flügeln schlugen, dass man meinte, sich mitten in einem furchtbaren Sturm zu befinden. Doch ein einfacher Wink des Erzengels Gabriel genügte und die Schar der Erzürnten wurde augenblicklich still.

Sobald alle wieder ihre Plätze eingenommen hatten, erfüllte seine Stimme – kein Zweifel, es war dieselbe, die Maria die Geburt des Heilands verkündet hatte – den Raum: »Du hast eine besonders schwere Tat begangen, Engel, deshalb verdienst du eine harte Strafe! Dein

Körper wird sich in Stein verwandeln und tausend und abertausend Jahre sollst du Stein bleiben, bis du zu einer Pflanze wirst. Danach magst du dem seit Ewigkeiten vorherbestimmten Weg folgen.«

Nach diesem Urteilsspruch schluchzte der Engel jäh auf und man bemerkte erstaunt, wie nun seinen Augen eine ansehnliche Tränenflut entsprang, die rasch anschwoll, zu den hohen Stühlen der äußersten Reihe flutete, weiter zur nächsten und schließlich die erreichte, in der die mächtigsten Engel saßen. Dort aber hielt sie nicht inne, sondern ergoss sich weiter, bis die letzten Tränen, nur mehr ein Rinnsal aus winzigen Tropfen, es wagten, Gottes Thron zu benetzen.

Da geschah das Unglaubliche: Der Herr selbst erhob sich und ging schweren Schrittes durch die Reihen bis zu unserem Engel, den die bloße Nähe Gottes – ach, wie seltsam warm ward ihm plötzlich ums Herz! – überwältigte. Nun wurde er in die Höhe gehoben und der Herr selbst trug ihn auf seinen Armen hin zu seinem Thron, wo er ihn auf seinen Schoß setzte und sich in der Betrachtung des fast kindlichen Körpers, der schneeweißen Stirn, der runden und rosigen Wangen und sanften Lippen seines Engels verlor.

Lange verharrte er so, zutiefst berührt von der lieblichen Erscheinung vor seinen Augen, ehe er sich, während seine Rechte über die schwarz glänzenden Locken des Engels strich, vernehmen ließ:»Höre, mein Engel, der dich da in seinen Armen hält ist der Herr, dein Gott.«

Im Saal herrschte atemlose Stille. Dann, nach einer schier endlosen Pause, fuhr er mit einer Stimme fort, die beinahe traurig klang: »Fürchte dich nicht, mein süßer Engel, es wird dir kein Leid geschehen. Wie könnte ich dich bestrafen, wo ich dich doch so gut verstehen kann?«

Der Einsiedler und der Junge

Die Begebenheiten, die dieser Geschichte zugrunde liegen, habe ich von meiner Großmutter erfahren, die zu der Zeit, als der Einsiedler bei uns lebte, selbst noch Kind war. Ich kenne nur den Ort, an dem er damals gehaust hat. Nicht weit vom Dorf, im Wald, abseits eines Pfades, der mit der Zeit zugewuchert ist, kann man noch heute einige verfaulte Holzlatten finden, die einst Teil seiner Hütte waren.

Zu seinen Lebzeiten kannte ihn jeder. Diese andere Daseinsform wurde damals hoch geschätzt. Man hielt ihn für so etwas wie einen Heiligen. Nicht einmal die vorwitzigsten Kinder wagten sich ihm zu nähern und auf eine seltsam abergläubische Art war man sogar stolz auf ihn. Dies zeigte sich schon daran, dass die Dorfbewohner leiser redeten, wenn sie auf ihn zu sprechen kamen. So hat niemand sonst außer ihnen jemals etwas von ihm gehört, und das, obwohl keiner wusste, woher und warum er gekommen war.

Vermutlich war er einer der letzten verlorenen Schlachten im Osten entronnen und Tausende von Kilometern allein zu Fuß unterwegs gewesen, immer in der Angst, von den eigenen Leuten entdeckt und ermordet zu werden. Es ist auch denkbar, dass in seinem Leben etwas Schreckliches geschehen war und ein unerträglicher

Schmerz ihm nur die Möglichkeit gelassen hatte, aus seiner Heimat fortzuziehen, um sich hier niederzulassen, wo er seine letzten Jahre verbrachte und wo sich auch sein Grab befinden muss. Viel mehr lässt sich nicht über ihn erfahren. Allein diese Geschichte kann die traurige Leere seines Lebens füllen. Aber wer weiß, ob sie nicht lediglich das Ergebnis einer überbordenden Fantasie ist, die erfüllen will, was die Realität uns verwehrt? So wie Geschichten das eben tun.

Wie auch immer, der Einsiedler lebte bereits fünf oder vielleicht sogar sieben Jahre in seiner Waldhütte, als er eines Tages ein Geräusch am Eingang vernahm. Man kann ruhig davon ausgehen, dass er darüber gehörig erschrak. Schlimmer als ein durch Einsamkeit oder Hunger rasend gewordenes wildes Tier wäre für ihn jedoch zweifellos das Auftauchen eines menschlichen Wesens gewesen. (Unmöglich zu sagen, ob er beim Anblick von Menschen Angst oder Abneigung verspürte, vielleicht war es eine Mischung aus beidem. Sicher ist nur, dass er jegliche Begegnung peinlichst zu vermeiden suchte.)

Zu seiner großen Verblüffung aber stand da nun ein Junge, klein, arm, schmutzig und offensichtlich traurig. Der Einsiedler, an überraschende Situationen nicht mehr gewöhnt, versuchte sich an ein Gebet aus seinem alten Leben zu erinnern. Doch vergeblich. Ihm war, als ob ihm jemand einen Weg versperrt hätte, den er zuvor noch mit Leichtigkeit gegangen war. Keine einzige Zeile kam ihm in den Sinn und so standen die beiden lange Minuten dort am Eingang zur Hütte, bevor schließlich der Junge das Schweigen brach.

»Herr Einsiedler, helfen Sie mir! Ich weiß nicht, was ich tun soll. Meine Eltern sind gestorben und Brüder, Onkel oder Großeltern habe ich nicht. Ich habe niemanden. Bitte helfen Sie mir, ich bin ganz allein auf der Welt.«

Vielleicht aus Scham vor sich selbst oder aus seiner Verwirrung und Sprachlosigkeit heraus gab der Einsiedler ein leichtes Nicken von sich, welches der Junge als Willkommensgruß verstand, sodass er einfach in die Hütte trat.

Die Behausung des Einsiedlers ließ nicht das geringste romantische Gefühl aufkommen. Man sah sofort, dass sein Erbauer in handwerklichen Dingen wenig versiert war. Die ganze Bauweise war fehlerhaft und alles war unausgereift; die Bretter waren provisorisch übereinandergelegt und die Löcher, Folge der schlechten Konstruktion, waren mit Kleidungsstücken zugestopft worden. Außerdem war der Raum so niedrig, dass selbst der Junge darauf achten musste, sich nicht den Kopf an der Decke zu verletzen. Am anderen Ende der Hütte waren ein Kohlenbecken, sowie ein schnell zusammengezimmertes Holzbett. Ein paar Koch- und Essutensilien standen auf einem einfachen Tisch, einige Bücher lagen auf dem Boden. Das war alles. Die ganze Einrichtung vermittelte den Eindruck von jemandem, der sich nicht allzu sehr um die Dinge kümmerte, der weder an Bequemlichkeit noch an Stil oder Schönheit dachte.

Der Einsiedler gab dem Jungen zu verstehen, dass er sich auf das Bett setzen dürfe, und begann etwas zu trinken zuzubereiten. Kurz darauf reichte er ihm ein schmutziges Glas mit einem roten Saft und der Junge trank mit einer Beklemmung, die Ausdruck seiner Verzweiflung war.

Der Sommer war zu Ende. Die Sonne hatte ihre einstige Kraft schon eingebüßt und die Tage waren bereits kürzer geworden, die Felder, Bäume und Weiden aber leuchteten noch scheinbar unbekümmert. Am folgenden Tag gingen die beiden in den Wald, wo der Einsiedler seinem Schützling zeigte, wie man in der Natur überlebt. Sie entdeckten Früchte und wilde Beeren im Gestrüpp und sammelten die ersten Pilze. Viel fanden sie jedoch nicht und der Junge verstand schnell, dass die erste Sorge in diesem Leben dem Essen gilt. Als sie nach Stunden, die sie mit sonst nichts zugebracht hatten als damit, nach dem Nötigsten zu suchen, um ihren Hunger zu stillen, in ihre Hütte zurückkehrten, waren sie so müde, dass sie sich sogleich auf das Bett warfen und einschliefen.

Fortan lernte der Junge viel von dem Alten, allerdings nicht durch Worte, denn sie sprachen nie miteinander. Jemand, der sie auf einem ihrer Wege beobachtet hätte, hätte sie womöglich für zwei Taubstumme gehalten, die sich mühelos durch Zeichen verständigen konnten. Und wirklich, der Junge wusste immer, was zu tun war und wann die wenigen Augenblicke gekommen waren, in denen sie sich ausruhen konnten. Die wichtigsten Dinge werden ja niemals ausgesprochen und für den Rest genügen Zeichen oder Gesten zwischen zwei Menschen, die sich so nahe sind wie diese beiden. Dort auf den Wiesen aber, in die sie sich wie vor Übermut mit gestreckten Beinen und dem Himmel zugewandten Gesichtern rücklings hatten fallen lassen, fühlten sie sich fast glücklich, vereint in dem einzigen Wunsch, wieder zu Kräften zu kommen.

Schnell setzte der Herbst ein, diese wetterwendische Jahreszeit, die die Welt mit ihrer Schwermut und grellen Farbigkeit überrascht. Aber es ist fraglich, ob die beiden Augen für all das hatten. Nach wie vor nahm die Nahrungssuche ihre ganze Aufmerksamkeit in Anspruch und ihnen war bewusst, dass der Winter vor der Tür stand und sie Vorräte anlegen mussten. Hätten sie das verabsäumt, es wäre ihr sicherer Tod gewesen.

Der Einsiedler brachte nun dem Jungen die Techniken der Haltbarmachung bei. Gemeinsam trockneten sie die Früchte und vergruben sie in der Nähe ihrer Hütte, indes die Sonne immer schwächer wurde und sich mit der Zeit immer früher hinter den Horizont verzog.

Während all dieser Zeit sah der Junge kaum ein menschliches Wesen. Er wusste, die Feld- und Waldwege waren insofern sicher, als sie von niemandem sonst außer ihnen genutzt wurden, und da der Einsiedler sie sorgfältig ausgewählt hatte, würde das auch so bleiben. Der Junge ahnte nicht, warum der Einsiedler – wie er schon bald bemerkt hatte – eine geradezu panische Angst davor hatte, jemandem zu begegnen. Aber da sie nie sprachen, erfuhr er den Grund nicht. Hätte er danach gefragt, wenn sie miteinander gesprochen hätten? Wohl kaum. Es gibt Geheimnisse, die uns nahestehende Menschen betreffen, an denen zu rühren wir nicht berechtigt sind.

Eines Tages kehrte der Junge etwas früher als der Einsiedler zur Hütte zurück und schaute sich die Bücher an, die durcheinander auf dem Boden lagen. Es handelte sich ausschließlich um Gedichtbände. Einige wiesen mit Bleistift verfasste Anmerkungen am Rande der Verse auf, die der Junge nicht entziffern konnte, andere waren voller schwarzer Flecke und geknickter Seiten. Die Bücher stammten zweifellos aus der fernen Vergangenheit des Einsiedlers und man durfte davon ausgehen, dass sie seit vielen Jahren nicht mehr gelesen worden waren. Vielleicht hatte er sie in seinem Leben in der Einsamkeit nie aufgeschlagen. Im Augenblick, als der Junge draußen Schritte hörte, ließ er schnell das Buch, das er gerade in den Händen hielt, zu Boden fallen. Er wusste, dass der Einsiedler ärgerlich werden würde, wenn er ihn damit erwischte, denn niemand möchte an eine Vergangenheit erinnert werden, die er bereits hinter sich gelassen hat. Der Einsiedler, der soeben eingetreten war, achtete aber nicht auf den Jungen, sondern stellte mit der ihm eigenen Ruhe die Teller auf den Tisch, entzündete das Feuer und begann, das Essen vorzubereiten.

Der Winter war hart. Was für uns, die Kinder aus dem Dorf, die schönste Jahreszeit war, wegen der Geschenke und Naschereien um die festliche Weihnachtszeit herum und natürlich wegen des Schnees, den wir mit der Aussicht auf Schlittenfahrten wie verrückt erwarteten, bedeutete

für die beiden ständige Lebensgefahr. Der Junge wusste, eher würde der Einsiedler sterben, als um Hilfe zu bitten, und da sie gewohnt waren, alles zu teilen, erwartete er täglich ihrer beider Tod. Aber sie starben nicht. Hin und wieder gelang es ihnen, ein Tier zu töten, dessen Fleisch sie wochenlang ernährte, ihnen blieben die getrockneten Früchte in der Erde, und selbst unter dem Schnee fanden sie immer noch Essbares. Trotzdem wurde alles schwerer und bald schien es, als habe das Leben sie ganz vergessen. Am Ende jedoch hatten sie den Winter überlebt und von einem auf den anderen Tag spürten sie, wie die Natur sich verjüngte. Wo eben noch Leere und gefrorene Stille geherrscht hatten, entstand nun Überfluss und zartes Treiben. Als sie dies bemerkten, wurden sie von einer seltsamen Befriedigung erfüllt und beiden war, als ob die Blumen ihre Blüten nur für sie öffneten.

Genau da aber geschah es, dass der Einsiedler nicht mehr aufstehen wollte. Der Junge fand ihn eines Morgens regungslos in seinem Bett und gewahrte in seinem Blick eine Trauer und eine Müdigkeit, von denen er nie etwas geahnt hatte. Er verstand sofort: Dies waren die Anzeichen des nahenden Endes. Als er am Abend von der Nahrungssuche zurückkam, lag der Einsiedler noch in derselben Haltung da, in der er ihn verlassen hatte. Obwohl er noch atmete, ließen sein eingefallenes Gesicht, seine hellen, hageren Finger und sein fast durchscheinender Brustkorb aber keinen Zweifel daran aufkommen, wie es um ihn bestellt war.

Am Tag darauf war der Einsiedler tot. Ohne ein Wort

zu sprechen, war er gestorben. So war er sich treu geblieben. In der Nacht hatte er sich auf die Seite gedreht und war träumend in das andere Leben hinübergeglitten.

Mit beinahe feierlicher Ruhe ergriff der Junge das Betttuch, wickelte den Körper, der nach welken Rosen roch und gelblich und verschwitzt war, hinein und brachte ihn zu seiner bis heute unbekannten Grabstätte. Dabei war ihm der Tote so leicht erschienen, dass ihm der Gedanke kam, der Einsiedler müsse am Ende seines Lebens wieder Kind geworden sein.

Drei Tage und drei Nächte trauerte der Junge vor dem Grab, dann packte er seine wenigen Sachen zusammen, fügte ihnen, so wie man annimmt, einige Gedichtbände des Verstorbenen hinzu und verließ den Ort für immer. Niemand kann sagen, wohin er ging und was aus ihm geworden ist.

In der Weisheit ihres Alters beendete meine Großmutter ihre Erzählung gleichwohl damit, dass sie erklärte, nach der gemeinsamen Zeit mit dem Einsiedler habe der Junge schließlich das gefunden, worum sich alles im Leben dreht: das Glück, das man teilen will.

Das Herzjuwel

Die Winter in Chicago sind kalt, eisig kalt, und der frostige Wind, der über den Michigansee braust, trifft die Menschen, die aus irgendeinem Grund ihr Haus verlassen müssen, wie Messerstiche ins Gesicht. Ende der 1930er-Jahre, als sich dies alles zutrug, war aber alles noch schlimmer: Weil die großen Fabriken wegen der Krise geschlossen worden waren, herrschte in der Stadt eine schlimme Arbeitslosigkeit, die Armen froren, weil sie nicht genug Feuerholz hatten, ihre schäbigen Hütten warm zu halten, und die Jazzmusiker schoben ihre Instrumente vor dem Einschlafen neben sich unter die Decke, um sie vor Schaden zu bewahren. So erwachten die Menschen von den traurigen und schmerzlichen Klängen der Instrumente, die die Nächte überlebt hatten.

Zweifellos mussten die Bewohner Chicagos in diesen Jahren viel Leid ertragen. Allerdings nicht alle, denn die Reichen, die noch nicht in den Süden des Landes geflohen waren, saßen in bequemen und warmen Wohnungen und gingen nur aus, um den Jazzgrößen in den berühmten Kneipen der Stadt zu lauschen. Ihnen konnte die Kälte nichts anhaben, denn sie fuhren in geräumigen Fahrzeugen, und sobald sie ausstiegen, konnte man sehen, wie gut ihnen ihre Pelzmäntel standen. Alle anderen jedoch waren wie gelähmt und am Ende blieb ihnen nur noch ein Gefühl übrig: der Hass auf sich selbst. Ein Hass, der täglich wuchs und so viel Platz in ihren Seelen einnahm, dass er bald der einzige menschliche Zug an ihnen war. Sonst war da nur eine durch das Leid verursachte große Leere.

Tatsächlich hatten die Bettler in den Straßen längst jede Hoffnung aufgegeben. Sie sahen, wie die Menschen eilig an ihnen vorbeihetzten, und es überraschte sie nicht, wenn sie am Abend in ihren Hüten oder schmutzigen Tassen Knöpfe oder Papierfetzen statt Geld vorfanden. Alles war hässlich und schmerzhaft. Und da niemand die Zukunft vorhersehen kann, gewöhnte man sich an dieses Leben ohne Hoffnung und voller undurchdringlicher Härte.

Damals gab es im Zentrum von Chicago, wo heute ein glamouröses Einkaufszentrum in die Höhe ragt, ein düsteres Gebäude, an dessen Eingang, welcher durch zwei riesenhafte Säulen, die den antiken griechischen Stil nachzuahmen suchten, etwas plump und überdimensioniert wirkte, ein mächtiger Schwarzer in bodenlangem Mantel stand. Vor den durch starke Gitter geschützten Fenstern sah man Passanten, die eben noch im Begriff schienen vorüberzueilen, dann aber abrupt stehen blieben und sich näherten, um einen Blick ins Innere zu werfen, was durch die dicken schwarzen und deshalb undurchdringlichen Fensterscheiben aber ganz und gar unmöglich war.

Eines Tages jedoch entdeckte ein Mädchen rein zufäl-

lig einen kleinen Sprung im Fensterglas. Das Mädchen lebte in einem armen Viertel am Stadtrand und lief jeden Morgen an dem Bauwerk vorbei, um seiner Mutter, die in einer der großen Banken die Waschräume reinigte, das Essen zu bringen. Schon immer war es neugierig auf das rätselhafte Gebäude gewesen; zur selben Zeit aber fürchtete es sich auch davor. Gleichwohl näherte es sich jetzt einem der Fenster, hielt sich mit einer Hand am Gitter fest und zog sich hoch, bis seine Augen über die Fensterbrüstung blicken konnten. In dieser Position, das Gesicht um besser sehen zu können langsam noch vorn schiebend, so weit, bis seine Nase beinahe an der eisigen Scheibe festzukleben drohte, entdeckte das Mädchen plötzlich den Sprung und augenblicklich wurde es erfüllt von namenlosem Entzücken ob der wundersamen Dinge, die es hinter der Scheibe erblickte.

Es stellte sich heraus, dass das Gebäude ein Schmuckgeschäft barg, welches die schönsten Edelsteine und wertvollsten Halsketten der Welt feilbot. Alle Wände, der Boden und selbst die Treppen bis zum zweiten und dritten Stockwerk bestanden aus dem berühmten schwarzen Marmor aus Carrara, und von der Decke herab baumelten, als seien sie zugleich Mahnung und Gruß aus einem fernen Jahrhundert, riesige Kristallkronleuchter. Die Schmuckstücke endlich wurden in Quadern aus Glas aufbewahrt, die so fest waren, dass nicht einmal ein harter, spitzer Stein sie beschädigen konnte. Das Schönste von allem jedoch war ohne Zweifel ein Rubin, der so ungemein in seinem dunklen Rotton glänzte, dass man das Gefühl nicht loswurde, er wäre lebendig und könnte jeden Augenblick anfangen sich zu bewegen. Der Stein hatte die Form eines Herzens und war am Rand mit zwölf Brillanten besetzt, deren kaltes Licht seine ganze Umgebung ausfüllte.

Wochen vergingen, in denen das Mädchen täglich viele Stunden vor dem Fenster verbrachte, immer in dieser ungelenken Körperhaltung, mit einer Hand am Gitter festgeklammert, die Nase bedrohlich nah an der Scheibe. Da spürte es eines Tages eine Hand auf seiner Schulter. Als es den Kopf wandte, erkannte es den Wächter und erschrak so sehr, dass es zu Boden fiel, genau vor die Füße des Schwarzen, der es mit einem Lächeln betrachtete. »Kindchen, was tust du hier?«

Das Mädchen, das nur mit Mühe wieder auf die Beine gekommen war, stand so unter Schock, dass ihm kein Wort über die Lippen kam. »Nun, wenn ich mich nicht irre, so gefallen dir die Schmuckstücke«, sprach der Wächter mit sanfter Stimme, die in seltsamem Gegensatz zu seinem riesenhaften Äußeren stand. Diesmal gelang es dem Mädchen wenigstens, mit dem Kopf zu nicken.

»Warum trittst du dann nicht ein und schaust in aller Ruhe, was es alles in unserem Tempel zu sehen gibt?« Das Mädchen war nicht sicher, ob der Wächter sich nicht über es lustig machte – vor allem die letzten Worte kamen ihm falsch und sonderbar vor. Doch es ließ sich bei der Hand nehmen und gemeinsam gingen sie zu der Seite des Gebäudes, wo sich der Eingang befand. Alles war so sonderbar, dass das Mädchen, als die Tür aufging, sich in der Gewissheit in den Arm kniff, dass es träumte und nun erwachen müsse. Stattdessen sah es sich jedoch selbst in den wundervollen Saal hinein auf das Herzjuwel zugehen, und als es direkt vor ihm stand, war alles vergessen: die Kälte, die Armut, die Stadt, ja sogar sich selbst hatte es vergessen, weshalb niemand genau wird sagen können, wie viel Zeit es dort verbracht hatte.

Beim Verlassen des Gebäudes, nachdem es sich doch einmal vom Anblick des Herzjuwels hatte lösen können, wurde es von einem nie zuvor erfahrenen tiefen Glücksgefühl überrascht. Es merkte nicht einmal, dass jetzt an der Tür ein anderer Wächter stand, der es sehr abschätzig, wenn nicht sogar wütend anschaute, weil er, nicht ohne Grund, ahnte, dass einer seiner Kollegen den Frevel begangen hatte, es hineinzulassen. Von alledem erfuhr das Mädchen nichts. Und es spielte auch keine Rolle, denn es war immer noch so von Schönheit erfüllt, dass ihm nicht einmal die Kälte des Chicagoer Winters etwas anhaben konnte.

An diesem Punkt unserer Geschichte werden sicher viele mutmaßen, dass es sich bei dem ersten Wächter um einen Engel handelte, dessen Aufgabe es war, das Mädchen glücklich zu machen. Einige Gewiefte vermögen vielleicht sogar die Geschichte weiterzuspinnen, wobei das Mädchen, nachdem es wieder zu Hause in seiner tristen Wohnung angekommen ist, das Schmuckstück, das ihm so sehr gefallen hat, plötzlich in seiner Manteltasche wiederfindet. Gern hätten wir die Geschichte

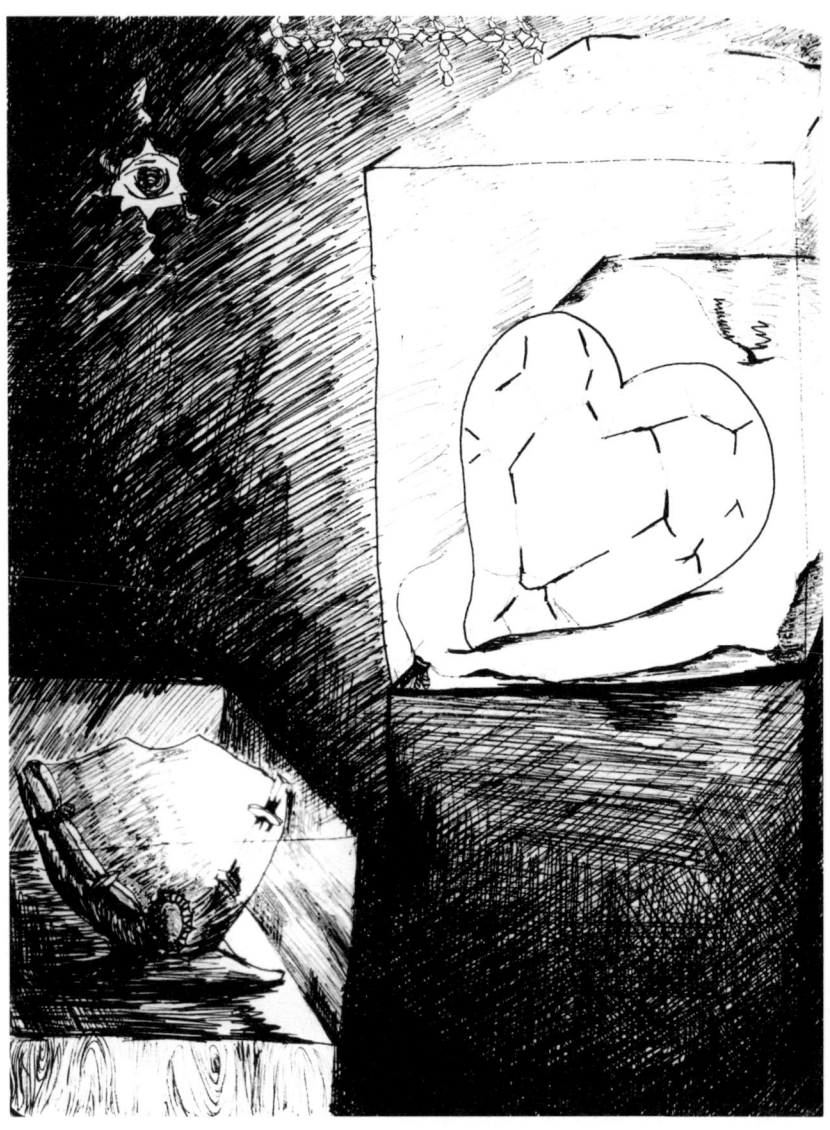

auch so fortgesetzt, doch es ist besser, man bleibt bei der Wahrheit, vor allem dann, wenn das, was wirklich geschah, noch wunderbarer ist als das, was wir uns ausdenken können.

Noch in derselben Nacht, nicht lange nachdem das Mädchen gegangen war, wuchsen dem Schmuckstück Arme und Beine. Klein und zart zwar, aber ausreichend stark, um den Deckel seines Glasquaders zu heben. Dann hüpfte es auf den Boden, lief zur Tür, öffnete sie und stand in der klaren und kalten Chicagoer Nacht. Aber was tun? Man kann sich vorstellen, wie gefährlich es für ein Schmuckstück sein muss, des Nachts durch die Straßen einer Großstadt zu spazieren. Andererseits wissen wir aber auch, dass dieses Schmuckstück kein gewöhnliches war. Wie sollte es uns also überraschen, dass unter der Parkbank vor einem benachbarten Gebäude eine dunkle Hülle lag, mit der es sich bedecken konnte? In dieser Maskerade begann unser Juwel seinen Weg quer durch die Stadt. Wer es so gesehen hätte, hätte es sicherlich für ein Stück Müll gehalten, mit dem der Wind spielt. Der eine oder andere würde sich über faule Müllmänner geärgert haben, die ihre Arbeit nie ordentlich erledigen, doch niemand wäre ihm gefolgt und hätte entdeckt, was sich wirklich unter der Hülle verbarg, die sich so zielstrebig vorwärtsbewegte. Obwohl der Weg lang und gefährlich war und obwohl das Elend, dem es begegnete, deprimierte, gab es für unser Herzjuwel keine Müdigkeit und kein Zögern. Endlich in dem Viertel am Stadtrand angelangt, das nicht asphaltiert war und wo die Häuser aus einem Holz gebaut waren, das dem vom Michigansee her fauchenden Wind nicht stand-halten konnte, fand es mit Leichtigkeit die kleine Hüt-te, in der das Mädchen mit seiner Mutter wohnte. Ohne das leiseste Geräusch zu machen, öffnete es die Haustür und schlich sich in das Zimmer des Mädchens, wo es sich neben das Bett legte, damit dieses es am nächsten Mor-gen beim Aufwachen genau dort finden konnte.

Geweckt vom Klang einer Klarinette, die die Nacht überlebt hatte und jetzt ungestüm über die Vergeblich-keit der Liebe klagte, öffnete das Mädchen die Augen, und was es nun sah, versetzte ihm den größten Schreck seines ganzen Lebens. Die Mutter, die den Aufschrei ihrer Tochter gehört hatte, lief rasch in ihr Zimmer und fand sie dort in einem Meer aus Tränen.

»Was ist mit dir los? Und was ist das?«, stammelte sie ganz verwirrt.

Das Mädchen brauchte eine ganze Weile, um seine Fassung wiederzuerlangen, dann beichtete es seiner Mutter alles: Wie es den Sprung in der Fensterscheibe gefunden und zum ersten Mal in den schönen Marmor-saal mit dem Kronleuchter hineingesehen hatte. Wie es dann mithilfe des riesenhaften Schwarzen schließlich selbst in das Gebäude gelangt war und natürlich auch, wie sich sein Glück selbst noch beim Verlassen des Gebäudes angefühlt hatte.

Doch die Situation war heikel. Was sollten sie tun? Das Juwel zurückbringen? Unmöglich. Sicherlich war man schon auf der Suche nach dem Dieb, und niemand würde ihnen glauben, dass sie mit dem Raub nichts zu tun hatten. (Es ist eine erwiesene Tatsache, dass man den Armen keinen Glauben schenken darf.) Also, was sollten sie tun?

Freilich hatten sie nicht viel Zeit zum Nachdenken, denn plötzlich standen mitten im Zimmer drei kümmerliche, ja geradezu kränklich wirkende Schutzmänner, die in ihren zerbeulten und viel zu großen Uniformen aussahen, als wären sie auf dem Weg zu einem Kostümfest. Wir wissen nicht, wie die Polizei über den Verbleib des Juwels informiert worden war. Niemand war ihm gefolgt und überhaupt, wer sonst in der Stadt wusste, wo das Mädchen wohnte? Aber auch die Polizei hat ihre Geheimnisse. Manchmal nehmen sie einen intelligenten Kriminellen fest, der sein Verbrechen mit aller Vorsicht geplant hat, und ein anderer, ungeschickt und langsam im Denken, bleibt sein ganzes Leben lang unbehelligt. Wie dem auch sei, nun standen die drei im Zimmer, schauten auf das Mädchen, dessen Mutter und das Herzjuwel und wollten sicherlich gerade etwas sagen, als eine Stimme aus dem Inneren des Juwels ertönte:»Verehrte Herren, Ihr Aufenthalt hier ist gänzlich unnütz, weil das, was geschehen ist, kein Verbrechen ist. Ist es nicht so, oder irre ich mich da etwa, dass die Polizei nur für die Bekämpfung von Verbrechen zuständig ist? Ich aber bin freiwillig, will sagen auf eigenen Wunsch hier und niemand wird mich wieder wegbringen. Verehrte Hüter des Gesetzes, wie nicht zu übersehen ist, bin ich ein sehr schönes, um nicht zu sagen wertvolles Schmuckstück. Ich habe tragischen

Königinnen gehört wie Anne Boleyn, der unglücklichen Gemahlin Heinrichs des VIII., und schönen wie der Österreicherin Elisabeth, und bevor ich an diesen zweifelhaften Palast verkauft wurde, wo ich nun schon so viele langweilige Jahre verbracht habe, besaß mich die unvergleichliche Sarah Bernhardt. Nun aber gehöre ich diesem Mädchen und seiner Mutter. Sie brauchen mich. Ich weiß nicht, wer Ihnen gesagt hat, dass ein Juwel nicht wählen kann, wem es angehören soll. Die Brillanten, die ich trage und die ein Kavalier gekauft hat, um seine Angebetete zu beeindrucken, ein Mann – wenn Sie erlauben, dass ich das sage – von schwacher Intelligenz und ungeschicktem Benehmen, die werden das Mädchen und seine Mutter verkaufen, damit sie ein menschenwürdiges Leben führen können. Was mich angeht, so glaube ich, dass es nun an der Zeit ist, nach all den Königinnen und kapriziösen Damen die echte Welt ein wenig besser kennenzulernen.

Schließlich, meine Herren Polizisten, möchte ich Ihnen aber den wichtigsten Grund meiner Anwesenheit hier nennen. Bestimmt haben Sie ihn schon erraten: Es ist die Liebe. Das Mädchen liebt mich auf unschuldige und reine Art, voller Sehnsucht, Schönheit und Glück, wie ich es in meinem Leben noch nie erfahren habe, und das will etwas heißen in meinem Alter. Erklären Sie mir also, warum sollte ich diesen Ort verlassen und – welch schreckliche Vorstellung! – zu jenem zurückkehren, an dem mich reiche Alte während der Öffnungszeiten anstarren und ich den Rest der Zeit unbeachtet verbringe? Ganz ohne Zweifel ist nun der Moment gekommen, an dem ich mich an jemanden verschenken will, der mich verdient. Ich rechne mit Ihrem Urteilsvermögen, meine Herren, und zweifle nicht, dass Sie mit meiner Entscheidung einverstanden sind. Trotzdem werden Sie dieses bescheidene Heim nicht verlassen, bevor Sie nicht all das vergessen haben, was Sie hier gesehen haben. Und morgen werden Sie Ihren Kollegen dann eine Version der Geschichte erzählen, die uns für immer Frieden beschert. Verzeihen Sie mir diese Vorsichtsmaßnahme, meine verehrten Hüter des Gesetzes, aber leider ist es oft angebracht, den Menschen nicht allzu viel Vertrauen entgegenzubringen. Glauben Sie mir, ich weiß, wovon ich spreche. Nun, es war mir ein Vergnügen, Sie kennengelernt zu haben, doch mir scheint, wir benötigen Sie jetzt nicht mehr. Vielen Dank für Ihr Verständnis. Sie dürfen abtreten.«

Und in der Tat, die drei verließen die Hütte und kehrten nie wieder zurück. Das Mädchen und seine Mutter aber lebten fortan ein ganz und gar glückliches Leben. Nur dank der Brillanten, könnte jemand hier einwerfen, doch das wäre nicht richtig getroffen. Ihr Glück gründete auf der Liebe, die sie unschuldig und rein, voller Sehnsucht, Schönheit und Glück ihr Leben lang in ihren Herzen trugen. Und wir fürchten uns nicht, dies genau so auszusprechen.

Das Fest

An meine Kindheit erinnere ich mich kaum und ich schenke auch dem Wenigen, was mir aus jenen Tagen im Gedächtnis haften geblieben ist, keine große Beachtung. Das soll nicht etwa heißen, dass damals Dinge geschehen sind, die ich bereue oder derer ich mich heute schämen müsste. Es ist nur so, dass ich diese Zeit als etwas Überwundenes ansehe, etwas, an das zu denken sich nicht weiter lohnt, weil es seinen Einfluss auf mein Leben längst verloren hat. Deshalb ist wohl auch das Bild des kleinen Dorfes, aus dem ich komme, aus meiner Erinnerung fast vollständig verschwunden, und manchmal glaube ich beinahe, dass es selbst denen, die noch immer dort leben, ähnlich ergangen sein mag.

In dem Ort befindet sich eine Kirche aus dem frühen 16. Jahrhundert, die von den wenigen Reisenden, die es in diesen Teil der Welt verschlägt, für hübsch befunden wird. Doch es spricht nicht viel dafür, ihretwegen dorthin zu pilgern. Die Wälder um das Dorf herum sind dicht, die Straßen ohne Asphalt und die Menschen schroff und abweisend.

Vielleicht stimmt es ja auch, was man sich sagt, und der Umstand, dass man die Ortschaft selbst in den getreusten Atlanten von heute nicht finden kann, rührt daher, dass die Landvermesser aus schierer Verärgerung über ihre Bewohner an der Stelle, wo sich das Dorf befinden sollte, einen weißen Fleck gelassen haben, so als ob es gar nicht existiere. Was, wenn es zutrifft, niemand dort weiter kümmern würde, da keiner Interesse an dem emsigen Treiben der Außenwelt zeigt und alle stattdessen mit einer Halsstarrigkeit, die nur leidenschaftliche Landbewohner verstehen können, kläglich von ihrem Ackerland leben. Zwar besitzen sie Traktoren, Mähdrescher und große Scheunen, doch sie nutzen sie mit einer solchen Geringschätzung, als warteten sie nur auf den Tag, an dem sich ihnen endlich alles Moderne als letztlich fadenscheinige Idee enthüllt.

Das Haus, in dem ich geboren wurde, steht noch. Seit meine Schwester weggezogen ist, wird es jedoch von Fremden bewohnt. Meine über 100 Jahre alte Großmutter lebt noch im Dorf und schaut wie ehedem von ihrer kleinen Küche, in der die Klatschzeitschriften in kleine Stapel sortiert auf der Waschmaschine liegen, den vorübergehenden Leuten zu.

Von dem Nachbarssohn, dem Freund aus meinen Kindertagen, habe ich nichts mehr gehört. Möglicherweise ist er längst verheiratet, isst morgens Salamibrot und trinkt vorm Einschlafen Flaschenbier. Und dann war da noch mein Cousin, der große Politiker und Festmeister. Niemand, der ihn kannte, hat ihn vergessen.

Jedes Jahr nach Ostern fand im Ort ein Umzug statt, bei dem Traktoren mit bunten Papierblumen geschmückt wurden und an deren vorderstem außerdem eine riesige Schaufel befestigt war, auf der mein Cousin stand, in einem festlichen Anzug, mit englischem Hut auf dem Kopf und einer Flasche Schnaps in der Rechten. Hinter ihm folgten seine Anhänger auf ihren eigenen Traktoren oder zu Fuß, allesamt in die gleichen bunten Papierblumen gehüllt. Für mich, der zusammen mit den restlichen Dorfbewohnern auf der einzigen Straße des Ortes ausharrte, um das Schauspiel mitzuerleben, war das alles rätselhaft und wunderbar wie der Einfall der letzten Sonnenstrahlen an einem Novembertag. Zugleich aber befiel mich auch ein undeutliches Gefühl der Beklemmung angesichts dieses gespenstischen Umzugs der Vogelmenschen. Der erste Traktor hielt auf einem kleinen Platz in der Ortsmitte, wo meinem Cousin dann von seinen Anhängern aus seiner Schaufel geholfen wurde und man ihn zu seiner, ans Pfarrhaus gelehnten Leiter begleitete, die er nun bedeutsam nach oben stieg. Oben angekommen, begann das, was alle kaum erwarten konnten und im selben Maße fürchteten.

Mein Cousin zog einen kleinen Zettel aus seiner Jacke und setzte zu seiner Rede an. Diese war vollständig in Reimen verfasst und handelte von den Fehlern und kleinen Schwächen, von den schrulligen Eigenarten und Dummheiten der Dorfbewohner. Viele Jahre habe ich dort mitten unter den Leuten zusammen mit meiner Schwester und meinem Freund aus den Kindertagen mit offenem Mund gestanden und zu begreifen versucht, was da vor sich ging. Aber was versteht schon ein Kind von solchen Dingen?

Immerhin kannte ich einige der Personen, von denen mein Cousin sprach. Die Alte mit den Edelsteinen, bei der die Frauen den Schmuck kauften, der sie – wie sie meinten – für ihre Männer attraktiver machen würde. Den Dorftrottel, der stundenlang im Wald und in der Umgebung des Dorfes umherstreunte, sodass wir Kinder nie ohne Angst außer Haus gingen. Die Frau, die immer um die Mitte der Woche herum Männerbesuch empfing. Der alte Junggeselle, der jeden Tag die Ankunft und Abfahrt der Busse erwartete, um die Schulmädchen in ihren kurzen Röcken anzugaffen. Der Säufer, der zu früheren Zeiten, als man noch ungestraft und öffentlich seine Schutzbefohlenen schurigeln durfte, Bürgermeister gewesen war. Der arme Schneider, der eines Morgens tot in seinem Bett gefunden wurde, verhungert, wie man munkelte. Um es kurz zu machen, die Rede handelte von uns allen. Sie war eine detaillierte Chronik, und da es im Dorf keine Zeitung gab, eine Art Jahrbuch unseres Ortes. Deshalb war immer etwas los, wenn mein Cousin laut, gleichmütig und hochtrabend – kein Priester hätte es ihm gleichtun können – seine Worte vortrug.

Zweifellos fürchteten wir uns alle sehr vor seiner Rede, denn niemand ist frei von Schuld, doch auch wenn viele sich durch die Verse meines Cousins beleidigt fühlen mussten, so brachte doch niemand den Mut auf, etwas gegen ihn zu sagen. Zu groß war der Respekt, den er allen einflößte. Andererseits machte sich die Menge gern über die Opfer der boshaften Reime lustig. Selbst heute klingt mir noch das unruhige und giftige Lachen der Leute in den Ohren, wenn einer der Scherze ins Schwarze traf. Mir war auch klar, dass er, hoch oben auf seiner Leiter stehend, mit seinem englischen Hut und der Schnapsflasche in der Rechten, seine Macht spürte und seine Wirkung auf das Dorf genoss. Mein Cousin war in diesem Augenblick Magier, Diktator und Prophet zugleich. Wie sollte er da nicht Befriedigung empfinden? Nur einmal wurde seine Macht gebrochen und er fiel wie der arme König im Märchen von der Leiter.

Mit den Dorfbewohnern teilte mein Cousin die Vorurteile gegen alles Fremde. In seinen Vorträgen fehlten deshalb nie die Klagen über die Reisenden, womit die Schaustellerfamilien gemeint war, die über Generationen hinweg durch unsere Region zogen und sich von den Käffern und ihren schlichten Bewohnern aushalten ließen, um mit meines Cousins Worten zu sprechen. Immer trafen sie eine Woche vor dem Fest ein und ließen sich mit ihren zwei, drei Zelten auf einer Wiese in der Nähe des Waldes nieder, während sie das Karussell, die Schieß- und Süßigkeitenbude sowie den Wagen mit der Lotterie und den Luftballons aufbauten.

Mit der Anwesenheit des fahrenden Volkes veränderte sich das Dorf. Plötzlich stellte sich eine neue, unbekannte Geschäftigkeit ein. Man gab allgemein vor, auf der Hut zu sein, ohne zu sagen vor was und warum, und die Frau mit den Edelsteinen verlor auf einen Schlag all ihre Kundinnen, die jetzt halbe Tage um die Wagenkolonne herumschlichen. Einmal machte sich eine Handvoll Junggesellen in der einzigen Kneipe des Ortes darüber lustig. Da jedoch von Jahr zu Jahr mehr Frauen zu den Fremden pilgerten, wagte am Ende keiner mehr, Witze darüber zu machen.

Manchmal besuchte eines der Kinder der Schausteller-familie in den beiden Wochen vor und während des Fes-tes unsere Schule. An den Jüngsten von ihnen erinnere mich noch gut; er war in meinem Alter. Eines Tages war er in meine Klasse gekommen und hatte sich zu mir in die Bank gesetzt, wo der einzige noch freie Platz war. Als er neben mir saß, erschrak ich und wusste nicht, was ich tun sollte. Was konnte ich dem sagen, den ich so sehr beneidete? Ich, der Sohn des Postboten, der mitsamt diesen unfreundlichen und verschlossenen Leuten und ihrem ewigen Klatsch und Tratsch dort festsaß, wo die moderne Welt so unerreichbar war, dass mir selbst das Lesen der Zeitschriften aus der Küche meiner Großmut-ter verleidet war. Was sollte ich da jemandem sagen, der so viele Länder der Welt gesehen hatte?

Dann war aber alles ganz einfach, denn er war gesprä-chig und ohne ein einziges Mal innezuhalten erzählte er von riesigen Elefanten und Nashörnern, die er mit seinen Tricks gezähmt hatte, verbreitete sich über die Schießscharten in den Gemäuern der Sizilianer, sprach von gefährlichen Bären in Russland und beschrieb die dichten Wälder Finnlands sowie die erbarmungslosen Sultane in ihren Palästen von Mauretanien. Nie zuvor hatte mich jemand derart fasziniert. Im Dorf gab es auch welche, die Geschichten erzählen konnten – aus dem Krieg vor allem –, und hätte ich sie besser gekannt, viel-leicht hätten sie mich ebenso beeindruckt, aber ich war schüchtern und meine Angst vor abweisenden Beschei-den hielt mich davon ab, mehr als einem halben Dutzend

Bewohner des Ortes näherzutreten. Natürlich glaubte ich meinem neuen Freund nicht alles, aber was liegt einem schon an der Wahrheit, wenn man von einer Geschichte fasziniert ist? Meine Mitschüler dagegen nannten ihn Prahlhans, und während der beiden Wochen, die unsere Freundschaft dauerte, mieden sie uns spürbar. Im Jahr darauf kam er nicht wieder in meine Klasse und ich hatte nicht den Mut, zu dem zu gehen, der jetzt bereits das Karussell so geschickt zu lenken wusste.

Woran störte sich also mein Cousin? Schwer zu sagen. Vielleicht war es jene andere Art von Weisheit, welche die Frauen des Dorfes so anzuziehen vermochte, dass sie über Wochen sogar den Pfarrer mieden, welcher die ganze Sache mit Skepsis und zuweilen sogar mit Bitterkeit verfolgte. Einmal habe ich meine Großmutter nach den Reisenden befragt, doch ihre Antwort war rätselhaft. »Man muss auf seine Hühner aufpassen, wenn sie ins Dorf kommen. Es ist schon vorgekommen, dass welche verschwunden sind.« Was soll ein kleiner Junge mit einer solchen Antwort anfangen? Mein Cousin dagegen sprach nicht in Rätseln, seine Worte waren klar und deutlich.

An dem Tag, an dem all das geschah, machte er sich gerade über ihren Nachnamen – die Familie nannte sich Zorn – lustig. Er prangerte die, wie er behauptete, jährlich ansteigenden Preise des Karussells an, riss Witze über die Luftgewehre, die nicht einmal das Tor einer Scheune trafen, und schließlich mokierte er sich über das Schild, das bei den Luftballons hing und auf dem zu lesen war:»Achten Sie auf Ihre Kinder, sie könnten sonst mit den Ballons davonfliegen.«»Welch ein Werbeslogan!«, verkündete da mein Cousin mit gespieltem Lachen.

In diesem Augenblick erklang eine tiefe und sehr ruhige Stimme:»Ich gehe jede Wette ein, der Satz stimmt, Herr Verseschmied! Und ich verspreche dir, du wirst sie verlieren!«

Wie mein Cousin da lachte! Mit Tränen in den Augen sagte er:»In Ordnung, Meister Zorn, wetten wir!«

Das Dorf, das zugehört hatte, wurde augenblicklich lebendig und rief im Chor:»Wir halten mit, Meister Zorn!«

Der Mann, dem die Rufe galten, schien unbeeindruckt. Mit über dem Bauch verschränkten Armen betrachtete er die Meute auf dem Platz rundum und verkündete: »Das Einzige, was wir brauchen, ist ein Junge im Alter von sechs oder sieben Jahren, der nicht allzu schwer ist.«

»Einverstanden«, lautete die Antwort meines Cousins, der von seiner Leiter zu den Eltern hinunterblickte, die jetzt ihre Söhne in die Luft warfen, damit er einen auswählen konnte. Seine Wahl fiel schließlich auf einen schmächtigen und blassen Jungen, den ich nie zuvor gesehen hatte.»Du bist mein Mann«, rief er, natürlich bester Laune,»da kann sich Meister Zorn nicht beklagen! Meister Zorn, sind Sie einverstanden mit meiner Wahl?«

»Hervorragend, Herr Verseschmied«, antwortete der Schausteller.

Aber die Sache war nicht so einfach, denn der Junge wollte nicht von der Stelle und wehrte sich mit aller Kraft gegen seinen Vater, der alles unternahm, ihn zu den Luftballons zu schaffen. Desto entschlossener wirkte sein Gesichtsausdruck, als er das Gelächter des Dorfes um sich herum vernahm. Vielleicht tat ihm seine Kühnheit in diesem Moment leid, aber es war schon zu spät. Als sie schließlich doch vor dem Luftballonstand ankamen, war der Junge still. Wer weiß, wie sein Vater das geschafft hatte. Vielleicht hatte er jetzt endlich die richtigen beruhigenden Worte gefunden oder er hatte ihm eine fürchterliche Strafe angedroht. Vielleicht hatte er ihm auch einfach eine anständige Belohnung in Aussicht gestellt. Was auch immer, alles war wie gewünscht verlaufen und nun stand, schmal und blass, der Junge vor einem großen Luftballon, während es im ganzen Dorf – bis auf das Kichern, das einige von uns nicht zurückhalten konnten – still wurde.

Wenn ich mich an das erinnere, was dann geschah, wirkt es wie in einem Film mit Zeitraffer: Der Junge ergriff die Schnur des Luftballons, lächelte ein wenig umständlich und erhob sich alsbald mühelos über unsere Köpfe hinweg in die Luft. Sein Vater, mein Cousin, alle Dorfbewohner und auch der Schausteller selbst waren so erstaunt, dass kein Ton zu dem Jungen drang, der sich – so schien es mir wenigstens – mit einem Lächeln, das immer breiter wurde, den Wolken näherte, hinter denen er alsbald im endlosen Blau verschwand.

Man kann sich den Lärm und das Chaos vorstellen,

das dann einsetzte. Und es kam noch schlimmer. Die Dorfbewohner verloren den Verstand, und wie es oft der Fall ist, wenn ein rückständiger Ort Zeuge von etwas Unerklärlichem wird, begannen einige kräftige Kerle – zumeist Anhänger meines Cousins, die keine Lust hatten, über all das nachzudenken – einen Streit, wie es ihn bei uns nie zuvor gegeben hatte. Nach einer Prügelei, dem der Stand mit Süßigkeiten, der Wagen mit der Lotterie und den Luftballons, das Karussell und die Schießbude zum Opfer fielen, war der Junge jedoch noch immer nicht zurückgekehrt. Und nun waren alle besorgt. Was sollte man tun?

Der Junge, so viel darf verraten werden, kehrte nicht wieder zurück, auch nicht, als die Dorfbewohner, die noch lange unbeweglich dagestanden und in die Wolken gestarrt hatten, längst nach Hause gegangen waren.

Jetzt, da ich am Ende meiner Geschichte angelangt bin, bleibt noch anzumerken, dass Jahre später einige meiner einstigen Mitschüler darauf gepocht hatten, sie hätten ihn einmal hoch oben auf dem Kirchturm gesehen. Dort habe er die Schnur seines Luftballons am Wetterhahn festgemacht, sich eine Weile niedergesetzt – vielleicht um ein wenig mit den Tauben zu plaudern – und habe sich dann wieder ins ewige Blau des Himmels erhoben.

Ein paar Bauern behaupteten steif und fest, dass der Junge, während sie eines Sommers auf den Feldern gearbeitet hätten, über sie her geflogen sei und ihnen geraten habe, sich zu sputen, es regne bald. Worauf sie gleichmütig erwidert hätten, dass dies wohl ein Spaß sein müsse, da in diesem Augenblick keine einzige Wolke zu sehen war. Am Tag darauf aber – so schworen sie – ging ein Wolkenbruch nieder, der Wochen andauerte.

Der Vater des Jungen verließ das Dorf wegen eines Krieges, der bald das ganze Land verwüsten sollte. Die Schaustellerfamilie kam mit ihren halbwegs wiederhergestellten Wagen noch für ein weiteres Jahr, danach sind sie nie wieder in unserer Gegend gesichtet worden. Man munkelt, sie seien in Richtung Süden weitergezogen. Und mein Cousin? Er gab sein Amt als Zeremonienmeister für immer auf und schrieb nie wieder in seinem Leben einen Reim.

Jahre später las ich in einem Buch einen Zigeunerspruch, der – wenn ich mich nicht irre – wie folgt lautet: »Bist du einmal geflogen, so kehrst du nie wieder auf die steinige Erde zurück.«

Ich weiß nicht, was das bedeuten soll. Etwa, dass die Erde dir nicht vergibt, wenn du sie verraten hast, oder dass die Wolken dich nicht mehr freigeben, haben sie dich einmal in ihren Armen gehalten? Wer weiß das schon?

Der bunt gefleckte Elefant

Mitte des 19. Jahrhunderts gab es in Krakau, einer schönen und damals noch kleinen polnischen Stadt, einen zoologischen Garten mit einer besonderen Attraktion. An einem Sonntag im Spätsommer war dort nämlich ein Elefant mit bunt gefleckter Haut zur Welt gekommen, der – was nicht weiter verwunderlich ist – über lange Zeit Besucher aus dem ganzen Land anzog. Kurz nach der Geburt des Tieres bekundete ein bedeutender Wissenschaftler aus der Hauptstadt, den der Zoodirektor unverzüglich herbeigerufen hatte, dass es sich hierbei um einen Fall von Albinismus handeln müsse. Ein Phänomen, das er zwar nicht aus eigener Anschauung kannte, das er in einem seiner Bücher jedoch mit großem Sachverstand beschrieben hatte. Zweifellos bestand dabei aber das Problem, dass, während Albinismus das Fehlen von Farbe bedeutet, die Haut des Elefantenbabys Farben geradezu im Überfluss vorwies. Der Gelehrte löste das Problem dadurch, dass er seiner Entdeckung die Bezeichnung *vielschichtiger* oder auch *gegensätzlicher Albinismus* gab. So zufrieden mit sich selbst, verwandelte er sich über Nacht in eine Berühmtheit, indem er einfach dem lateinischen Ausdruck seinen eigenen Namen anhängte: *albinismus petrovi multiplex.*

59

Ein anderer Wissenschaftler, kaum dass er von der Sache Wind bekommen hatte, eilte daraufhin so schnell wie möglich nach Krakau, um der Diagnose strikt zu widersprechen und zu konstatieren, sein Kollege befinde sich deshalb auf der falschen Fährte, weil er den Forschungszweig der Psychologie ohne Not unberücksichtigt gelassen habe und so tue, als handele es sich bei dem Tier um einen Stein oder eine Pflanze. Er schlussfolgerte in der Angelegenheit, auch wenn der Elefant unbestritten in Polen geboren worden sei, ändere dies nichts an dem Faktum, dass sein Geist sich über Generationen hinweg in Afrika herangebildet habe und er eben darum diese fremden und vielfarbigen Landschaften des Kontinents in sich berge. Die Seele des Elefanten habe ergo bei der Geburt des Dickhäuters nichts weiter getan als die Farbpalette seiner afrikanischen Heimat aus dessen Innerem nach außen zu stülpen. Auch wenn diese verführerische These zahlreiche Anhänger in den unterschiedlichen Expertenkreisen fand, fehlte es jedoch nicht an Stimmen, die sie mit stichhaltigen Gründen zu widerlegen suchten.

Wie immer ist es jedoch besser zu glauben, was man weiß. Bringen wir also die hoch gelehrten Stimmen zum Schweigen und kehren wir zu unserem Elefanten zurück, der natürlich gleich nach seiner Geburt zum Liebling des ganzen Tierparks geworden war. Als er die ersten ungeschickten Schritte mit seinen kleinen Beinen tat, rief sein Pfleger seine beiden Kollegen – mehr waren bei den wenigen Tieren damals gar nicht nötig –, damit sie zusammen mit ihm dabei zusähen und seine Freude

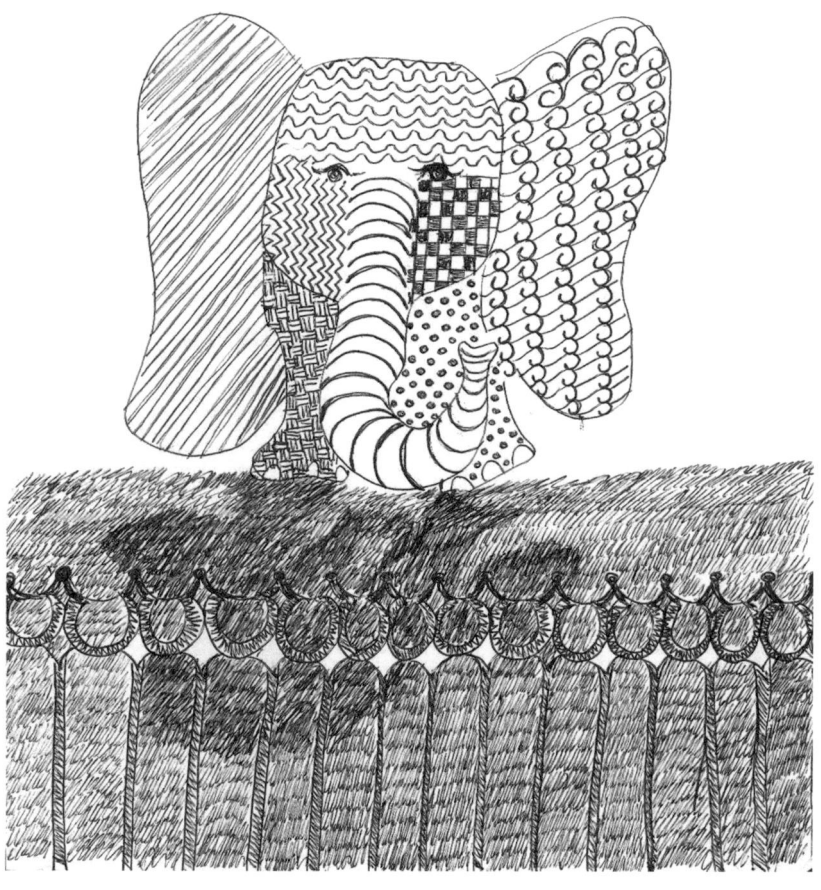

darüber teilten. Und als dann das Elefantenbaby voller Stolz den ersten Ton aus seinem Rüssel in die Welt hinaus trompetete, brachten die Journalisten die Nachricht gleich am nächsten Tag auf der Titelseite der wichtigsten Zeitung Krakaus. Der Stadt war praktisch jede Lebensäußerung des Elefanten eine Nachricht wert, und ohne jeden Zweifel war der zoologische Garten zur Zeit des bunten Dickhäuters niemals leer.

Aber wie sah unser Elefant nun eigentlich aus? Darüber haben wir noch gar nicht gesprochen, obwohl es ja eigentlich das Wichtigste ist. So sah er aus: Seine Beine waren dunkelrot, der Bauch leicht orange, die Ohren zweifarbig, gelb das rechte, grün das linke; der vordere Teil seines Rumpfes changierte zwischen hellem Blau und dunklem Lila, der hintere wiederum präsentierte sich in Gelb, Orange und Rot. Ein Dichter, der täglich am Gehege des Dickhäuters entlangschlenderte, bemerkte scharfsinnig, der Elefant sei in die Farben des Regenbogens gekleidet. Eine Beobachtung, die nicht nur durch ihre Poesie besticht, sondern auch eines Dichters würdig ist, der eben im Begriff war, in seine nationalistische Phase einzutreten, und kurze Zeit später ein schmales, aber gewichtiges Bändchen mit Versen unter dem Titel »Der Held des Regenbogens« herausbrachte.

Das Zuhause unseres Elefanten war klein, und es wäre unfair, es mit den heutigen Tierparks zu vergleichen, wo unzählige Spezies aus aller Herren Länder zu bewundern sind. Unser zoologischer Garten besaß nicht mehr als 19 verschiedene Tiere, mehrheitlich aus der Region, dazu nur einige wenige, die man entfernt als exotisch oder außergewöhnlich bezeichnen könnte.

Wie aber reagierten nun die anderen Bewohner des Ortes, die unterschiedlichen Tiere? Beginnen wollen wir mit dem ältesten Lebewesen, der Schildkröte, die, als sie von der Sache hörte, sich folgendermaßen erklärte: »Ein bunter Elefant! Was geht mich das an? Wir wissen, dass jegliches Spektakel im Leben schlecht ist. Besser ist's, ein ruhiges Leben zu führen, denn nur wer ruhig lebt, lebt lang, und darauf kommt es an. Meine Großmutter, die 190 Jahre alt geworden ist, wusste das, und deshalb nehmen sich die Weisen unter den Tieren, also wir Schildkröten, ein Beispiel an ihr und versuchen, ihr Alter zu erreichen. Dies zu schaffen wäre eine Nachricht für die Welt. Aber ein bunt gefleckter Elefant?«

Die Schlange in ihrem Käfig zischte: »Dieser Elefant! Ach, meine Farben sind noch viel beeindruckender, und nur weil diese hässlichen und ungeschickten Riesen üblicherweise farblos und unbedeutend sind, machen die Menschen eine so große Sache daraus. Wie verächtlich sie doch sind, diese Zweibeiner! Zwischen ihnen und unseresgleichen kann es nur den alten, über die Jahrtausende verbrieften Hass geben. Wenn ich doch nur einen von denen, die mich gefangen haben, töten könnte!«

Die Kaninchen flüsterten sich derweil gegenseitig in ihre langen Ohren: »Ein Trick, ein fauler Trick! Wir wissen von unseren Cousins, die im Zirkus arbeiten, wie das geht. Aber all das interessiert uns nicht. Mit jedem Augenblick werden wir mehr und so werden wir alle überleben. Schaut euch die großen, behäbigen und dummen Tiere doch an! Schaut euch die Menschen an! Wir sind die Zukunft. Wozu sollen bunte Elefanten gut sein? Was kümmern uns sprechende Vögel, fliegende Fische oder Krokodile mit Zahnspangen? Es lebe die Zukunft, es leben die Kaninchen!«

Der grazile und sehr gebildete Rehbock offenbarte seinen Kindern Folgendes:»Wie seltsam, eine Laune der Evolution! Meine Lieben, bilden wir nicht den schönsten Teil der Natur, ja übertreffen wir sie nicht eigentlich sogar, indem wir uns ihr ganz anpassen? Aber so ein kitschiger Elefant … Was erwartet uns noch, wenn die Natur exzentrisch wird und bunte Farbkleckse aus uns macht? Rehböcke, seid wachsam! Dies alles ist das Ergebnis einer Entfremdung! Und wenn wir auf unser Wesen und Erscheinungsbild nicht mehr achten und weiter mit den Menschen, die die Ursache für all diese überheblichen Eigenwilligkeiten sind, gemeinsame Sache machen, dann, so bin ich überzeugt, werden wir wie sie. Möge Gott uns davor bewahren!«

Es gab auch einige wohlmeinende Äußerungen in Richtung des Elefanten, aber es waren derer bedauerlicherweise nur sehr wenige. Da war zum Beispiel eine Ziege zu hören, die sich in ihrem typisch zittrigen Ton vernehmen ließ:»Wie hübsch der Elefant ist! Wie gern hätten wir auch seine Farben! Stellt euch vor, wie die Kinder uns streicheln würden, wären wir so schön blau und rot und grün und gelb! Und wie uns erst die anderen Tiere beneiden würden! Brüder, was meint ihr, sollen wir den Elefanten fragen, wie er das gemacht hat?« Indes, die Ziegen fragten ihn nie danach, denn sie sind scheue und diskrete Geschöpfe. Ab und an aber konnte man eine beobachten, wie sie sich im Schlamm auf ihrer Weide wälzte und anschließend die anderen fragte, ob sich etwas getan hätte, womit sie natürlich meinte, ob ihr Fell bunt geworden sei – etwas, das gleichwohl nie eintrat.

Die Menschen ihrerseits liebten den Elefanten über alles. Besonders die Kinder waren derart fasziniert von ihm, dass sie ihre Lehrer jeden Tag drängten, mit ihnen in den Zoo zu gehen. Deshalb tummelten sich vor seinem Gehege immer Gruppen von Schülern, die ihn auf alle erdenkliche Art und Weise abzeichneten. Und man muss zugeben: Niemals vor oder nach dieser Zeit hat man Kinder mit so viel Hingabe bei der Sache gesehen. Da die Ergebnisse als außerordentlich inspirierend angesehen wurden, beschloss der Stadtrat, diese Bilder auszustellen und die besten in einem feierlichen Akt zu prämieren. So fand jeweils der schönste Elefant seinen Platz an der Wand direkt über dem Schreibtisch des Bürgermeisters.

Die Pensionäre Krakaus sahen in dem Elefanten eine überaus dankbare Aufgabe, ihre Tage zweckmäßig auszufüllen. Über Stunden konnten sie beieinander stehen und heftig über seine mannigfaltigen Farben während der unterschiedlichen Tages- und Jahreszeiten diskutieren. Einer der ihren, ein ehemaliger Gymnasialprofessor, gab ausländischen Touristen und Besuchern aus anderen Regionen des Landes Erläuterungen zum Dickhäuter, unter besonderem Verweis auf, wie er zu sagen pflegte, die »Farb- und Schattenbilder, die seine Haut ornamentieren«. Ein anderer Pensionär, fest davon überzeugt, die Zukunft der Malerei müsse allein wegen des Elefanten eine andere sein, fand seinen entschiedensten Gegner in einem liebenswürdigen Herrn, der mit emporgestrecktem Stock lauthals gegen die Bestrebungen der Modernisten protestierte, die, wie er erklärte, nicht das Recht hätten, dem Elefanten die Schuld an ihren bedauernswerten Ergebnissen in die Schuhe zu schieben.

Vor dem Gehege konnte man aber auch sich küssende und liebkosende Verliebte sehen, mitunter auch frisch verheiratete Paare, die dort für ihr Hochzeitsfoto posierten. In der Zeit, die auf den bunt gefleckten Elefanten folgte, wurden diese Fotos irgendwann in einem vergessenen Winkel von den Kindern aufgestöbert und mit einem Anflug von Ironie den Eltern vorgezeigt, die sie überrascht und mit einer tiefen, schmerzlichen Melancholie begutachteten, so als hätte ihnen das Leben mehr versprochen als das, was es ihnen am Ende gegeben hatte.

Der Elefant zog aber auch unglückliche und sogar selbstmordgefährdete Menschen an, die in ihrer Nähe zu ihm ein Mittel gegen ihre Kümmernisse sahen. Es fehlte auch nicht an Frauen mit gebrochenem Herzen, die hofften, ihr Leid beim Anblick des Elefanten überwinden zu können. Schließlich pilgerte die ganze Stadt aus den verschiedensten Gründen zum Zoo, darunter natürlich auch viele, die dort weiter nichts als einen entspannten und ruhigen Sonntag verbringen wollten.

Eines Tages jedoch veränderte sich alles. Denn ein paar abenteuerlustige Großwildjäger aus der Region hatten einen leibhaftigen Löwen gefangen und ihn hierher gebracht. Das war eine Sensation, denn die Menschen kannten dieses majestätische Tier nur vom Hörensagen oder aus Büchern. In Polen hatte es ja niemals zuvor einen lebendigen Löwen gegeben. Das Einfangen der Raubkatze in ihrer afrikanischen Heimat war einfach gewesen, denn der Löwe, der sich auszuruhen pflegte, während seine Weibchen der Jagd nachgingen, war gerade im Schatten eines Baumes eingeschlafen. Eben deshalb und weil der Schlummer eines Königs tief ist, konnten die mutigen Jäger ihn fesseln, ohne dass er es auch nur bemerkte.

Nun kann man sich vorstellen, welche Miene der Löwe machte, als er früh am nächsten Morgen in einem Käfig erwachte. Aber es war nicht seine Verblüffung, was die Einwohner Krakaus in Erinnerung behalten sollten, sondern sein Gebrüll. Tatsächlich war dies so ohrenbetäubend, dass einige von ihnen aus ihren Betten fielen, als sie es hörten, während andere sich unter denselben in der Annahme versteckten, dass es sich hier um ein Erdbeben oder eine andere schreckliche Katastrophe handeln müsse. Nachdem sie nun, sozusagen aus erster Hand, von der neuen Attraktion ihres Zoos erfahren hatten, liefen sie in Scharen zu dem Gehege, wo ein wahrer König sie bereits erwartete.

Dieses wegen seiner Energie und seines gewaltigen Körperbaus so bewundernswerte Geschöpf mit hellbraunem Fell und zerzauster Mähne war ohne Zweifel der Inbegriff der Männlichkeit. Und dessen war es sich auch bewusst. Offensichtlich hatte der Löwe seine Weibchen in Afrika schnell vergessen und genoss seine Kraft und Einzigartigkeit zusammen mit dem Zuspruch, den er bei den Zuschauern fand. Mit ihm verfügte nun der Zoo über seinen eigenen Autokraten und unbestrittenen Herrn, dem es mühelos gelang, ein riesiges Publikum vor seinem Gehege zu begeistern. Der vollendete Selbstmystifikateur und geborene Souverän führte dabei sein Zepter mit einer solchen Selbstverständlichkeit und Sicherheit, dass die anderen Tiere seine Überlegenheit fraglos akzeptierten.

Indes, selbst die Menschen behandelte er wie Untergebene. In den Zoobesuchern erkannte er sein Volk, dem er leicht abschätzig seine Aufwartung machte, während er den Wärter – einen sehr erfahrenen Mann, der eigens für ihn eingestellt worden war – einschüchterte, als wäre er ein Domestik. Das Charisma dieses Tyrannen war so groß, dass eines Tages eine Gruppe von Aufrührern, wohl angestachelt durch eine Revolution im fernen Frankreich, den Zoo in der Absicht betrat, das Tier zu befreien. Die Behörden jedoch, die durch Mittelsmänner von dem ruchlosen Vorhaben der Gesetzlosen in Kenntnis gesetzt worden waren, wussten dies glücklich zu verhindern.

Währenddessen schlief der Löwe. Er schlief viel. Und weil der König der Tiere seine Träume, in denen er sich stets noch majestätischer und bewunderungswürdiger vorkam, so sehr liebte, mussten einige Besucher bis zu fünf Mal kommen, um ihn überhaupt einmal wach zu erleben.

Natürlich konnte es nicht anders sein, als dass die Verzückung der Krakauer Bevölkerung allgemein sich auch auf die Besucherzahl des Elefantengeheges auswirkte. Man muss jedoch die Menschen verstehen. Für jeden von uns wird im Laufe der Zeit selbst das Außergewöhnlichste irgendwann einmal zum Alltag. Zuletzt traf man vor dem Dickhäutergehege nur noch ein junges, sanftes und etwas blasses Mädchen an, das täglich in den Zoo ging, sich auf eine Bank in der Nähe des Elefanten setzte und ihn mit Tränen in den Augen betrachtete. Sein Freund hatte es verlassen und weil es noch jung war und er seine erste Liebe, konnte das arme Ding nicht wissen, ob es ihn sehr oder wenig geliebt hatte. So viel aber war es sich sicher: dass es nie mehr in seinem Leben so lieben würde.

An einem verregneten Donnerstag im Herbst, einige Zeit nach dem Einzug des neuen Regenten im Zoo, gewahrte das Mädchen, das wie immer mit von Tränen verschleierten Augen auf seiner Bank saß, ein seltsames Schauspiel. Gewohnt, den Elefanten zu betrachten, wie er sich aufrecht hinter seinem Gitter ausruhte, fiel ihm plötzlich etwas Unheimliches auf. Und in der Tat, das, was da vor sich ging, war mehr als bemerkenswert: Der Elefant verlor seine Farbe. Zuerst verliefen die roten Farbtöne und verschwanden gänzlich, Minuten später geschah das Gleiche mit den blauen und schließlich ließ sich auch kein Rest mehr von Grün und Gelb entdecken. Der Schreck hatte das Mädchen so gelähmt, dass es sich außerstande sah, andere Menschen herbeizurufen, damit sie ebenfalls Zeuge dieses bemerkenswerten Ereignisses werden konnten. Doch wer weiß, vielleicht hätte es dies ohnehin nicht vorgehabt, weil es begriff, dass hier etwas geschah, was man besser für sich behält.

Indessen war das Ansehen des Elefanten bereits so verblasst, dass es mehrere Wochen dauerte, bis in der Stadt überhaupt bemerkt wurde, was geschehen war. Die Wärter, denen logischerweise die Verwandlung ihres Schützlings nicht verborgen geblieben sein konnte, hatten an dieser späten Entdeckung übrigens keinen Anteil. Sie waren sich nämlich allesamt darüber einig gewesen, das Tier müsse erkrankt sein und dürfe keinesfalls durch wie auch immer geartete äußere Umstände beunruhigt werden. Doch davon konnte keine Rede sein. Der Dickhäuter setzte seine Lebensweise wie gewohnt fort und verhielt sich gerade so, als sei nichts geschehen.

Viel ereignete sich dann nicht mehr. Einige der Anhänger des Löwen, die früher einmal lange vor dem Gehege des Elefanten ausgeharrt hatten, kamen für kurze Zeit zurück, um sich der Veränderung zu vergewissern. Es erschienen kleine Berichte in wissenschaftlichen Fachzeitschriften, die das Geschehen mit findigen und meist unverständlichen Ausdrücken belegten. Schulkinder lernten wieder, dass Elefanten grau, gegebenenfalls ein wenig blau, aber niemals bunt sind. Und das war auch schon alles. Der Elefant seinerseits lebte noch einige

Jahre unbeachtet und friedlich vor sich hin, bevor er gemeinsam mit dem König der Tiere in Vergessenheit geriet.

Heutzutage ist Krakau bekannt für seine leckeren Würstchen und seine wunderschön restaurierten Altbauten. Einen Zoo gibt es dort noch immer. Nur befindet sich dieser in einem anderen Teil der Stadt, wohin er vor einiger Zeit verlegt werden musste, weil er zu groß geworden war.

Die Liebe der Seepferdchen

M an kann alles lernen mit der Zeit, auch die Liebe. So wenigstens denken die Seepferdchen in den Weiten des Ozeans. Gleichwohl verlieren sogar sie ab und an die Geduld. Aber lauschen wir doch einen Augenblick lang der Herzogin aus dem Königreich der Seegräser, das tief im Meer um die hübsche Insel Doña Elvira del Caribe herum liegt. Ihre Worte richten sich an ein kleines, ein wenig störrisches Männchen:

»Du weißt, warum du hier bist. Das muss ich dir doch nicht erklären, oder? Zahllos sind mittlerweile die Klagen, die meine Gefährtinnen über dich führen, mein Junge. Und was hast du dazu zu sagen? Nichts. Gut, so wollen wir einmal mit deinem Aussehen beginnen. Das ist ja bereits recht bezeichnend. Du bist grün mit roten Punkten, was, ich will es nicht leugnen, durchaus einen gewissen Reiz besitzt. Aber ich frage dich, welches unserer Weibchen trägt zurzeit diese Farben? So ist es, keines. Was Beweis genug dafür ist, dass du dich partout nicht anpassen willst. Du hältst nichts davon, dich anzupassen, stimmt's? Sicher glaubst du auch, mit deiner Lebensweise so fortfahren zu können. Doch dabei scheinst du dir nicht darüber im Klaren zu sein, dass wir es sind, die in diesem Reich bestimmen, wie die Männchen handeln, denken, leuchten und *leben* sollen. Sage bloß nicht, du wüsstest das nicht. Möchtest du, dass ich dir erkläre, wer wir sind? Vielleicht gibt dir eine kleine Ansprache ja einige nützliche Gedankenanstöße: Zuallererst, wie du sehr wohl weißt, sind wir die schönsten Tiere der Meere – und dazu sind wir auch die außergewöhnlichsten. Wir müssen keinen Überlebenskampf führen, wir haben keine Feinde und sind niemandem feind. So sind wir Seepferdchen die friedlichsten Tiere von allen. Der Grund dafür liegt darin, wie wir schmecken. Nach langen und komplizierten Experimentierreihen haben wir schließlich einen Geschmack entwickelt, der anderen Tieren so ekelhaft ist, dass keines von ihnen Wert darauf legt, uns anzugreifen. Darüber hinaus sind wir die treuesten Tiere des gesamten Ozeans. Nie verlässt einer den anderen, und wenn es doch einmal geschieht, dann nur deshalb, weil wir, die Weibchen, es so entschieden haben. Von jeher leben wir in einem Matriarchat und unsere Männchen haben über die Jahrtausende der Evolution ihre ganze Findigkeit in die Beantwortung der Frage gelegt, wie sie uns am besten dienen könnten, und tatsächlich ersannen sie sogar eine Methode, die es ihnen ermöglicht, anstelle ihrer Gefährtinnen zu gebären. Du weißt doch, dass es bei uns die Männchen sind, die die Jungen gebären und sie aufziehen, während wir Weibchen uns unserer Schönheit und der Wunder des Korallenriffs erfreuen? Nun sag, mein Junge, war es wirklich notwendig, dir das alles zu erklären?«

Da die Seepferdchen als entschiedene Anhänger der Aufklärung eine vernünftige und umsichtige Tierart

sind, führt fehlerhaftes Verhalten unter ihnen nicht zu drakonischen Strafen, sondern zu einem erneuten Erziehungsversuch. Unser Seepferdchen wurde deshalb zur weisen Krake geschickt, die in einer Höhle in der Tiefsee lebte. Das steinalte und bereits ein wenig taube Fräulein freute sich aufrichtig über seinen Besucher und sprach ihn mit großem Wohlwollen an: »Mein Junge, herzlich willkommen in meiner bescheidenen Behausung. Seit vielen Jahren habe ich keinen von euch mehr zu Gesicht bekommen. Wie geht es der Herzogin, wie geht es den schönen Damen, wie geht es allen?« Der Angesprochene versuchte erst gar nicht zu antworten, da offensichtlich war, dass die Alte durch seine bloße Anwesenheit bereits ziemlich aufgewühlt war und erst einmal genug mit sich selbst und ihren eigenen Gedanken zu tun hatte. Nach einem Rundgang durch ihre Höhle, wo sie dem Seepferdchen seine Stube und das Studierzimmer zeigte, genossen dann beide eine lange Siesta, die nach Meinung der Krake für alle, die im Leben nach Erleuchtung streben, unentbehrlich ist.

So begann die Alte mit ihrem Unterricht über die Liebe erst einige Tage nachdem sich unser Seepferdchen in seine neuen Verhältnisse eingewöhnt hatte. Dass die Vorstellungen, die dabei zutage traten, außergewöhnlich waren, das stand außer Frage, doch galt dies auch für die Lebensumstände, unter denen sie entstanden waren.

Also begann sie: »Die Liebe, wie wir alle wissen, ist das einzig Wichtige im Leben. Aber was ist die Liebe? Höre gut zu, mein Junge: Die Liebe ist Einsamkeit und

Hoffnung und die wenigen überwältigenden Momente, die wir fest im Gedächtnis behalten müssen, damit wir uns eines Tages wieder an sie erinnern. Die Liebe ist die Perle, die uns die Muschel bewahrt, auch wenn wir nicht wissen, wo wir nach ihr suchen müssen. Die Liebe ist das Wunder inmitten des Schweigens, das bittersüße Glück, das wir aus reinem Zufall finden und jedes Mal wieder durch unser Ungeschick und unsere Feigheit verlieren. Die Liebe ist groß wie das Meer selbst und klein wie unsere Herzen, die durch den Flossenschlag eines Größeren zerbrechen können. Die Liebe, mein Junge, ist die Tragödie, die wir kommen sehen und erleiden und die uns des Nachts, wenn wir mit offenen Augen daliegen und träumen, nicht schlafen lässt. Die Liebe ist alles und wir sind nichts.«

Auch wenn ihre Lehrmethode einförmig und der Inhalt ihrer Reden verschwommen und rätselhaft war, so lernte doch unser Seepferdchen schnell, und deshalb sagte ihm die Krake eines Tages, dass es an der Zeit sei, sich andere Lehrer zu suchen, um seine Ausbildung zu vervollständigen. Die beiden umarmten sich also und nahmen Abschied voneinander, die Alte in tiefem Schmerz, weil sie diese Abwechslung in ihrer grenzenlosen Einsamkeit sehr genossen hatte, und der Junge mit aufrichtiger Dankbarkeit.

Das Seepferdchen schwamm nun aus der Tiefe des Ozeans, wo es weder Licht noch Freude gibt, so weit nach oben, bis das Wasser eine grünliche Farbe annahm. Dort hoffte es auf weitere Lehrer. Es kam an einem

Schwarm bunter Fische vorbei, die miteinander schwatzten. »Was ist die Liebe?«, fragte es sie ohne jede Einleitung, doch die Fische lachten und antworteten: »Was wissen wir schon über sie? Frag den Rochen dort, wenn es jemand weiß, dann er.«

Mit großem Respekt näherte sich unser Seepferdchen dem Rochen, der schwerelos und majestätisch über ihren Köpfen schwebte, und verharrte erwartungsvoll vor seiner metaphysischen Erscheinung. Doch der Rochen, seiner Bedeutung und Weisheit gewiss, empfing es freundlich: »Junge, wie kann ich dir helfen?«

Das Seepferdchen, das seine Furcht durch die Ansprache überwunden hatte, stellte ihm die gleiche Frage, die es zuvor den Fischen gestellt hatte: »Was ist die Liebe?«

»Bleib ein wenig bei mir und ich werde es dir erklären, Seepferdchen.« Und so begleitete der Junge das bedeutsame Tier einige Wochen lang und lernte dabei die verzweigte Philosophie der mittleren Meeresbereiche kennen.

»Die Liebe ist eine notwendige Illusion«, begann der Rochen, »eine, die wir nutzen müssen, um uns selbst zu finden. Denn es stimmt ja nicht, dass wir den anderen lieben, wenn wir lieben. Jede Liebe ist namentlich die Liebe zum Unbekannten in uns selbst. Kannst du mir folgen, mein Junge?« Das Seepferdchen, das durch die Worte des Rochens in Gedanken versunken war, gab ihm ein Zeichen fortzufahren. »Wie aber finden wir das Unbekannte in uns selbst, wenn wir doch nie wissen können, wer der andere ist? Ist denn am Ende unser eigenes Ich mehr als der Widerschein eines Blendwerkes?«

»Dann aber wäre die Liebe ja etwas Unwirkliches«, bemerkte das Seepferdchen erschrocken.

»Unsere Wirklichkeit ist ein Traum, in dem wir den Traum der Liebe träumen, mein Junge«, antwortete der Rochen gelassen.

»Aber dann ist doch nichts mehr von Bedeutung«, rief das Seepferdchen nun ehrlich verzweifelt.

»Mein Junge, beruhige dich, alles ist von Bedeutung. Wusstest du nicht, dass es nichts Wichtigeres gibt als den Traum von der Liebe? Wie könnte etwas unbedeutend sein, das uns so glücklich macht? Der Traum von der Liebe macht unsere Existenz so wirklich, dass nicht einmal die Götter sie auslöschen könnten. Durch ihn, mein Freund, offenbart sich unser Leben letzten Endes als wahr.«

Beim Zuhören hatte das Seepferdchen eine beispiellose Faszination verspürt, doch die Anweisung war eindeutig gewesen: Es durfte keinesfalls nur bei einigen wenigen Lehrern verweilen, sondern hatte sich möglichst der ganzen Meerestierweisheit zu stellen, welche, laut Herzogin, so farbig und tief war wie der Ozean selbst. Der Rochen wusste das und verabschiedete deshalb seinen Schüler, sobald er überzeugt war, dass dieser ihn verstanden hatte.

Also setzte das Seepferdchen seinen Weg fort mit dem Ziel, diese Vielfalt zu entdecken. Zuerst begegnete es den Delfinen, die in der Liebe ein sinnloses Spiel sehen, einen Austausch von Kräften und Schönheit, ein Vergnügen, das sich aus dem Vergnügen selbst nährt. Schließlich ist die Liebe der Delfine in ihrer stetigen und endlosen Wiederholung selbstgenügsam und autark wie das Vulkanfeuer der Tiefsee, das sich ewig von der eigenen Glut nährt.

Die Quallen andererseits machten ihm weis, die Liebe sei die Welle, die einen niederwirft, an die Strände spült und ohne Gnade in der sengenden Sonne vertrocknen lässt. Die Haie endlich, in deren Sprache es für »Liebe« und »Zahn« nur ein Wort gibt, sahen keinen Unterschied zwischen lieben und töten. Deshalb auch ihre Redewendung: »Lieben heißt töten und töten heißt lieben.«

Leider ist es unmöglich, all das zu wiederholen, was die Meerestiere ihrem Schüler auf seinem Weg zur Weisheit mitgaben. In Anbetracht dieses bedauerlichen Umstandes konzentrieren wir uns jetzt auf die Begegnung unseres Helden mit den größten, bewundernswertesten und im Grunde auch sympathischsten Geschöpfen des Ozeans, den Walen.

Es war im Juni, das Seepferdchen war schon fast am Ende seines Lehrjahres angelangt und das grandiose Schauspiel der Liebesbegegnung der kolossalen Meeressäuger stand gerade bevor, als es eine kleine siebenköpfige Walschule in seiner Nähe erspähte. Nie zuvor hatte es diese empfindsamen Riesen gesehen; lediglich ihre Gesänge kannte es, so wie alle Meeresbewohner sie kannten. Seltsamerweise stellen wir uns das Meer dunkel und still vor, das ist aber völlig falsch. In Wahrheit ist der Ozean ein ganz und gar lautes Element, in dem die Stimmen aller zueinanderfinden, um sich am Ende in eine riesige Symphonie zu verwandeln. Keinem Musikkenner würde es schwerfallen, aus der Kommuni-

kation der kleinen bunten Fische Pikkoloflöten oder aus dem Gelächter der Delfine Trompeten herauszuhören. Die Gesänge der Wale aber bilden die Grundlage dieser Klangwelt und verleihen ihr die Tiefe: genau wie die Celli und Kontrabässe im großen Orchester. Da diese jedoch höchst schwermütig sind, gleicht die Symphonie der Meere unstreitig eher einem Trauermarsch, dessen Melancholie, so wir sie unter Wasser erspüren könnten, uns davon abhielte, jemals wieder aufzutauchen. Da wir jedoch in diesem Fall, wie übrigens bei jedem großen Kunstwerk, die wirkliche Identifikation des Künstlers mit seinem Werk nicht kennen, bleiben uns Zweifel über die wahre Traurigkeit der Wale. Diese Zweifel verstärken sich noch, wenn wir darauf achtgeben, wie sich die Sänger gegenseitig begrüßen: »Mein Freund, weißt du was? Jeden Tag singst du besser!«

Die Lieder der Wale sind komplexe Schöpfungen und fraglos von großer Schönheit. Ihre Inhalte drehen sich um die unerfüllte Liebe, um die Schmerzen des Liebenden (das Wort Herz fehlt in keiner der Weisen), den Verlust der großen Liebe, die Sehnsucht nach dem Gestern (die Vergangenheit wird aufgefasst als das Paradies, aus dem der Sänger vertrieben wurde), Untreue (des anderen natürlich) und die prinzipielle Flüchtigkeit des Glücks. Das sind nicht gerade viele Themen, könnte man anmerken, und wir wollen da nicht widersprechen. Aber man muss sich einmal anhören, was die Wale aus dem Wenigen gemacht haben und immer noch machen. Ihre Variationen des immer Gleichen sind zahllos und jedes Mal überraschend, und die Melodien, die sie dafür verwenden, sind zauberhaft schön, sanft und lieblich.

Jeder Meeresbewohner weiß um die Wale als die größten Künstler des Ozeans, und keiner zweifelt daran, dass ohne diese Musik seine Existenz leer, oberflächlich, ja gänzlich unnütz wäre. Großen Respekt zollen die Wale der Tradition, auf die sie beständig Bezug nehmen. Das hält sie aber nicht davon ab, zu glauben, dass ihre Lieder besser sind als die der Vergangenheit und dass sie in Zukunft nur noch besser werden können. Genau dies drücken sie aus, wenn sie sich zuraunen: »Jedes Mal werden unsere Lieder trauriger.« (Das Wort »traurig« ist dabei im Sinne von »tiefer«, »schöner«, »inhaltsvoller«, »von höherem künstlerischem Wert« zu verstehen.)

Selbstverständlich stellte unser Seepferdchen auch diesen sieben Walen seine berühmte Frage, und dadurch gelang es ihm für einen Augenblick, einen der Riesen in seinem Lied zu unterbrechen, jedoch nur um ihn in aller Ruhe und ohne jeden Anflug von Ärger sagen zu hören: »Aber warum hörst du uns nicht einfach zu?«

»Du hast ja recht«, gab das Seepferdchen zerknirscht zu und lauschte zum ersten Mal in seinem Leben wahrhaft aufmerksam dem, was Tag für Tag den Ozean erfüllt. In den kleinen Pausen fragte es genauer nach: Da war ein Vers, den es nicht sofort begriff, da die Modulation einer Melodie, die ihm unklar blieb, da wollte es wissen, warum ein Lied ein so abruptes Ende gefunden hatte. Die Wale erklärten ihm alles sehr geduldig, und so konnte unser Held einen unschätzbaren Blick in die

Werkstätten der großen Künstler werfen. Wir sind sicher, dass unser Lehrling hier die glücklichsten Momente seines Jahres außerhalb des Reiches der Herzogin erlebte. Doch was geschah dann?

Nun, so nah am Ende unserer Geschichte stehen wir vor der Schwierigkeit, dass wir nicht mehr viel wissen über unseren Helden. Seine Lehrzeit beinhaltete im Anschluss noch sieben Wochen in einem Herzogtum einer anderen Seepferdchenart, wo es bestimmt vieles von dem Gesehenen und Gehörten hat umsetzen können – vor allem, wenn wir an die herrlichen Lieder denken, mit denen die Wale ihre zukünftigen Partner auf sich aufmerksam zu machen wissen. Aber danach, das müssen wir offen gestehen, verliert sich seine Spur gänzlich im kristallenen Wasser der Karibik. Was nun?

Nehmen wir der Einfachheit halber an, dass unser junger Freund an den Ort zurückkehrte, den er ein Jahr zuvor verlassen hatte, dort ein Weibchen fand, sich vermählte und treu und zufrieden bis zu seinem Tod als Vater einer glücklichen und zahlreichen Kinderschar lebte – wenn er nicht vorher bei der Geburt eines seiner Nachkommen verstorben ist.

Der Freund und Zimmergenosse

Ich war gerade neun geworden und teilte mir mit meiner Schwester unter dem Dach unseres Hauses ein kleines Zimmer, in welchem aus irgendeinem Grund an der Wand neben dem kleinen Fenster die Reproduktion eines Bildes von Paul Klee hing, das im Vordergrund ein Mädchen mit einem Ruder in der Hand in einem Boot zeigt und dahinter bunte, im leuchtend blauen Meer schwimmende Fische. Zu jener Zeit hatten meine Brüder bereits damit angefangen, mich zum Boxtraining mitzunehmen, das in einer Halle mit Holzboden stattfand, deren Leder- und Schweißgeruch ich selbst heute noch in der Nase habe. Halb in einer Ecke versteckt schaute ich Stunde um Stunde – wohl nicht ohne Neid, denn das Boxen war mir von meiner Mutter auf Grund meiner körperlichen Verfassung verboten worden – den Athleten zu, wie sie in ihre Übungen vertieft waren. Manchmal kam einer von ihnen zu mir, reichte mir seine – für mich viel zu großen – Handschuhe und zeigte mir einige Techniken und Tricks, was mich eine Weile stolz und glücklich machte. Meine Brüder waren übrigens nie unter denen, die mir ihre Boxhandschuhe über die Fäuste streiften.

Damals spielte ich bereits Trompete in der Musikgruppe der Kirchengemeinde. Unser ganzes Repertoire bestand aus nicht mehr als einem Dutzend religiöser Lieder, was im Übrigen ausreichend war, denn an den Feiertagen, an denen wir in der Kirche auftraten, wurden immer nur dieselben wenigen verlangt. Ein Foto habe ich noch von uns. Da stehe ich mit meinem verbeulten Instrument inmitten der Gruppe, die sonst noch aus meinen Brüdern, meinen beiden Vettern, meinem Onkel und drei weiteren Musikern aus unserem Dorf bestand. Ich stehe ganz links und bin der jüngste und kleinste von allen.

Ein anderes Foto aus derselben Zeit, das ich neulich in einem Stapel meiner Mutter entdeckte, zeigt mich mit meiner Fußballmannschaft. Ich bin der Torhüter und trage ein orangefarbenes, etwas zu großes Adidas-Trikot. Meine Mitspieler, allesamt kräftiger und zäher als ich, schauen den Fotografen direkt an, während mein Gesicht mit diesem verlorenen Blick, der mir heute für einen Fußballer, erst recht einen Torhüter, unpassend erscheint, auf den Boden geheftet ist.

Die Schule konnte ich, da sie sich in der Nähe meines Elternhauses befand, zu Fuß erreichen. Ich habe mich in ihr nie wohlgefühlt. Das, was ich zu lernen hatte, fand ich leicht – was übrigens auch später immer so gewesen ist –, doch meine Schüchternheit verhinderte, dass ich jene Vormittage in dem ewig stickigen Klassenzimmer genießen konnte. Ich weiß noch, wie einmal zu uns der Lehrer, ein recht bodenständiger Mensch im Übrigen, über die Schönheit der Tiere sprach. Irgendwann meldete ich mich und behauptete, anders als bei den Tieren seien bei den Menschen die Frauen ungleich schöner als die Männer. Der Lehrer sah mich interessiert an, hatte mich wegen meiner zu leisen Stimme aber nicht verstanden. Er machte mir also ein Zeichen und ich wiederholte meine Worte noch einmal. Doch selbst als ich sie ihm das dritte Mal sagte, verstand er mich nicht, woraufhin meine Banknachbarin, vielleicht weil ihr meine Bemerkung gefallen hatte, ihm meine Worte in ausreichender Lautstärke übermittelte. Der Lehrer blickte verdutzt drein, wie immer nach einer dummen Wortmeldung, und fuhr mit seinen Erklärungen fort. Ich erinnere mich nicht daran, mich in seinem Unterricht je wieder gemeldet zu haben.

Eines Tages rückte mein Vater mit einem uralten Radiogerät an, das ihm irgendjemand geschenkt hatte, und da meine Brüder schon die neumodischen Hi-Fi-Anlagen besaßen, wurde es gleich zu mir gebracht und dort auf die Kommode gestellt. Bei dem, was nun die Mitte meines kleinen Reiches beanspruchen sollte, handelte es sich um eine klobige, über einen halben Meter hohe schwere Holzkiste mit einem Tastenfeld, zwei übergroßen Knöpfen und einer Scheibe, auf der die Linien und Ziffern der verschiedenen Frequenzen verzeichnet waren. Einer der Knöpfe war für die Lautstärkenregelung, der andere für die Sendersuche bestimmt. Am eindrucksvollsten war jedoch das Tastenfeld, das die Möglichkeit bot, zwischen Lang-, Kurz- und Mittelwellensendern und allerlei seltsamen Voreinstellungen zu wählen.

Lange dauerte es nicht und schon verwandelte sich

der altertümliche Kasten in ein Instrument, das mir den ersten Zugang zur Welt der Klänge verschaffte. Täglich verbrachte ich Stunden vor meiner Kiste und lauschte ehrfürchtig, wenn auch ohne viel zu verstehen, der fremden Musik, den fernen Stimmen und unbestimmbaren Geräuschen, die aus ihr drangen. Dabei stellte ich mir vor, in anderen Ländern zu leben und dort ein anderes Leben zu führen; eines, das aufregender und sinnvoller als das meine war.

Eines Tages kam ich von der Schule mit einer Grippe nach Hause, die – wie so oft im Leben eines Kindes – niemand ernst nahm. Doch als das Fieber anstieg und ich Atemprobleme bekam, gingen wir zu einem Arzt, der mich dann auch sofort ins Krankenhaus einwies. An die ersten Tage dort habe ich keine Erinnerungen außer dem Bild einer großen Dunkelheit in Wesenseinheit mit dem wohligen Gefühl eines tiefen, endlosen Falls. Mein Gesundheitszustand hatte sich in der Klinik rasch verschlechtert und tagelang hatte ich zwischen Leben und Tod geschwebt. Erst nach einiger Zeit setzte eine langsame Erholung ein. Ich bekam nun Besuch von meinen Eltern und Geschwistern und merkte auf einmal, dass ich nicht allein war.

Der Junge, der mit mir auf dem Zimmer lag, war ein paar Jahre älter als ich. Sein Gesicht war scharfkantig und wies einen seltsam grausamen Zug um den Mund herum auf. Als ich zu ihm hinübersah, blickte er mich ausdauernd und mit großem Interesse an, offenbar in der starken Absicht, sich mit mir anzufreunden. Ich war zwar noch schwach, doch ich war neugierig geworden. Mein Zimmergenosse war wegen einer Krankheit hier, deren Namen ich nie erfuhr. Diese hatte ihn im Laufe der Zeit zu immer längeren Krankenhausaufenthalten gezwungen, bis irgendwann die Krankheit und seine Aufenthalte an solchen Orten wie diesem hier zum Hauptinhalt seines Lebens geworden waren. Was das angeht, war er mir gegenüber klar im Vorteil, denn ich musste in die Geheimnisse der Krankenhäuser erst eingeweiht werden. Diese Anstalt – so versicherte er mir – beruhte, wie jede hierarchische Institution, im Wesentlichen auf dem Mechanismus des totalen Machtmissbrauchs. Die Ärzte waren unsere Feinde, die uns mit Krankheiten infizierten, um uns so besser im Griff zu haben, und die Krankenschwestern spielten die Rolle ihrer Handlanger, ohne sich des diabolischen Ränkespiels gewahr zu werden. Worauf es im Leben also ankam, so begriff ich, war, auf welcher Seite man stand, denn das bestimmte darüber, ob man gut oder schlecht war.

Mein Zimmergenosse legte es jederzeit darauf an, mit Menschen zu spielen, und ohne dass er sich viel dabei dachte, machte er sich dabei zuweilen schwerer Misshandlungen schuldig. Ich weiß nicht, ob er manches nicht auch getan hat, um mir zu imponieren oder mich zu unterhalten, andererseits sprach er über seine Taten diesbezüglich mit einer Selbstverständlichkeit wie andere über sonntägliche Kaffeehausbesuche. Es ist nicht so, dass mir alle seine boshaften Tricks und Streiche gefallen hätten, doch sie gaben immer Anlass zum Nachdenken.

Eines Tages lockte er drei junge Besucher aus dem Nebenzimmer mit dem Versprechen zu uns, eine Vorführung mit Zuckerwatte zu geben. Was tatsächlich aber geschah, war, dass er sie mit den Gürteln unserer Bademäntel auf dem Boden fesselte und in einer Art Verhör mit absurden Fragen malträtierte. Als die Ärzte schließlich davon Wind bekamen, wurden sie furchtbar aufgeregt und erklärten mit wichtiger Miene, dass dies traumatische Erlebnisse zur Folge haben könne. Mein Freund meinte dazu nur ungerührt, dass diese armen Kinder nicht nachvollziehen könnten, wie ein Kranker sich fühle und er sich ihnen deshalb anerboten habe, praktische Lebenshilfe zu leisten.

Was mich an ihm wohl am meisten faszinierte, war sein Stolz auf sein Kranksein. Seine Gebrechen, die Brustschmerzen, die Einstiche, die Narben aus unzähligen Operationen, all das hat er mir stets ausführlich erläutert und vorgeführt. Darüber hinaus lernte ich seine Krankheit als äußerst tückisch und vollkommen unberechenbar kennen. Eine drastische Verschlechterung konnte problemlos unmittelbar nach einem Zustand eintreten, der es ihm erlaubt hatte, für ein paar Tage das Krankenhaus zu verlassen. Doch all das ertrug mein Zimmergenosse mit der ihm eigenen mit Arroganz gepaarten Willensstärke. Musste er, was nicht unbedingt selten vorkam, beim Gehen einen Infusionsständer hinter sich her ziehen, so tat er dies wie ein Clown, dem die Grazie eines Prinzen zu eigen ist.

Mit Vorliebe sprach er von seiner Theorie, wonach

die Krankheit sich einen Menschen aussuche, um ihn dadurch vor den anderen auszuzeichnen. Oder es war umgekehrt der Mensch, der sich bewusst für eine Krankheit entscheidet, weil er das Bedürfnis hat, den Unterschied zwischen sich und den anderen herauszustreichen. Demnach gab es für ihn zwei gegensätzliche Menschentypen: Zum einen diejenigen, die sich guter Gesundheit erfreuten und deshalb das Leben genössen, so wie es war. Zum anderen die, die sich gegen eine missratene Welt durch ihr Kranksein auflehnten. Es bedurfte für ihn keiner Diskussion, dass nur Fantasielose der Welt Eigenschaften wie Klarheit, Schönheit, ja sogar Vorzüglichkeit zusprechen konnten. In seinen Augen stellte die Krankheit aber keinesfalls eine Flucht dar. Sie war vielmehr die Lebensauffassung derjenigen, die er – mit dem ihm eigenen Pathos – als die »Aristokraten der Selbstüberwindung« bezeichnete. Mit denen, die nicht unter einer selbst gewählten Krankheit litten, hatte er hingegen kein Mitleid; er begegnete ihnen mit der Verachtung des Königs gegenüber unerlaubt in sein Reich eingedrungener Fremden. Sie waren seine bevorzugten Opfer.

Ich hatte keine Ahnung, woher er seine Theorie hatte, und ich wollte es auch nicht wissen. Vielleicht hatte er sie dazu ersonnen, sein Dasein besser zu ertragen; musste er sich doch irgendwann von der Medizin und vom Leben selbst geradezu verfolgt fühlen. Wie dem auch sei, er hatte eine Theorie, die ganz allein ihm gehörte und die ihn von jenen abhob, die es verabsäumten, sich den eigentlichen Fragen zu stellen. Es ist kaum verwunderlich, dass mich dies stark beeindruckte.

Zwei Vorlieben besaß mein Zimmergenosse. Die eine waren billige Kriegsromane, mit denen man ihn überall antreffen konnte und aus denen er mir vorlas, sei es abends vor dem Einschlafen, sei es, als ich Schmerzen litt, sei es, als ich mich verkroch, um mich vor meiner Verzweiflung zu verbergen. Nachher habe ich die Hefte, die damals unsere Nachttische und Schränke verstopften, nie wieder in einem Krankenhaus gesehen. Wer weiß, wer wieder dahintersteckt.

Die meisten von ihnen sprachen mit einer gewissen Zärtlichkeit vom Heldentum und dem unheilvollen Schicksal der jungen Soldaten, die in die Schlacht zogen, ohne im Geringsten zu ahnen, was das heißen mochte. Für die Titelseiten wurden gern Zeichnungen von schwer bewaffneten Kämpfern ausgewählt, deren Gesichter dem Betrachter ungerührte Gleichmütigkeit vorspielten. In der Ferne konnte man schrecklicher Brände ansichtig werden, die von den Bombardements feindlicher Jagdflugzeuge ausgelöst worden waren, die ihre tödliche Ladung auf Dörfer und Siedlungen geworfen hatten. Diese Heftchen erzählten beinahe ausschließlich vom Kampf und der dabei entfalteten Tötungskunst. Unterbrochen wurde das mörderische Treiben allenfalls von kleinen Episoden, die von der Wartezeit vor neuen Schlachten handelten sowie von der nächtlichen Vorbereitung auf das nächste Gefecht. Ich erinnere mich recht deutlich an die Schilderungen der Schlachtfelder mit bös entstellten, auf dem Boden verstreuten Leichen. Und wenn ich es darauf anlege, so vernimmt mein inneres Ohr sogar jetzt noch die krächzenden Schreie der Verwundeten inmitten einer schweigsamen, verständnislosen Natur.

Einmal las er mir mit seiner immer etwas bedeutungsschweren Stimme eine Stelle vor, in der das Ende eines durch Bauchschuss verwundeten Soldaten beschrieben wurde. Der Soldat, seinen langsamen und schmerzvollen Tod vor Augen, lag unbeweglich auf dem Boden, unfähig, seine Brieftasche aus seiner Jacke zu ziehen, um noch einen letzten Blick auf das Foto seiner Verlobten zu werfen – ein Gemeinplatz in solchen Geschichten, er schaute in den durch Explosionen verbrannten Himmel und sagte endlich, als wäre er ein Schwachsinniger: »Der Tod ist nichts als ein Klumpen Schlamm.«

Die zweite Vorliebe meines Zimmergenossen war Beethoven. Bis zum Wahnsinn war er von ihm fasziniert, was jedoch keineswegs bedeutete, dass er alles von ihm goutierte. Tatsächlich beschränkte er seinen Beifall auf eine akribische Zusammenstellung seiner Musik, was mich verstehen lehrte, dass sowohl in der Kunst als auch in der Liebe die Auswahl des Anbetungswürdigen überaus streng, subjektiv und bedingungslos zu erfolgen hat. Von Beethovens Musik blieben vor meinem Zimmergenossen nur einige Werke ungeschoren: zwei Streichquartette (das in f-Moll und das berühmte a-Moll Opus 132), die Sonaten Pathétique und die 32., sein einziges Violinkonzert Opus 61, der Sanctus aus der Missa Solemnis, die Symphonien Nr. 3, Eroica, und die 6., von der er sagte, sie sei an hellen, frostigen Wintermorgen am überzeugendsten. Von der berühmten 9. akzeptierte er nur das Adagio. Über das hoch gelobte Finale sprach er nur äußerst abfällig; es langweile und störe ihn, die Stimmen seien zu forciert, überhaupt wirke alles angestrengt und unkünstlerisch. Die 5. ließ er aus rein theoretischen Erwägungen heraus bestehen. Oft sprach er über die Tragödie der Taubheit des Komponisten:»Stell dir vor, ein Musiker, der nichts hört. Gibt es eine schlimmere Katastrophe auf der Welt?« Gern ließ er sich auch über seine, wie er kategorisch betonte, freiheitlich-revolutionären Ideen aus. Er liebte es, die Worte, die der Komponist einmal an einen Aristokraten gerichtet hatte, vor Ärzten und Pflegern zu rezitieren:»Ich bin Beethoven und wer sind Sie?« Meist aber sprach er über seine Musik, insbesondere über die Eroica, seine Lieblingssymphonie, die, wie ich schnell verstand, der Hauptgrund für seine Vorliebe für den Komponisten war. Damit er mir ihre Virtuosität vorführen konnte, musste meine Mutter mir ein Radio mit Kassettenrekorder mitbringen, welches wir seitdem nutzten, um die einzige Kassette mit Beethovens Musik zu hören, die er besaß, sowie, allerdings erst viel später, um Radio zu hören.

So verstrichen die Wochen. Obwohl meine körperliche Verfassung sich allmählich verbesserte, erlitt ich immer noch vereinzelte Rückfälle. Ich lag dann mit starken Schmerzen, die aus meiner Brust kamen und mir das Atmen zur Qual machten, regungslos darnieder. Einmal kam auch das hohe Fieber zurück, das mich geistig und körperlich derart schwächte, dass ich tagelang wie verwirrt war. Sonst aber war ich glücklich wie nie zuvor, voller Ideen, Theorien und Anregungen, voller Kunst und Fantasie – dank meines Zimmergenossen.

Irgendwann begannen wir dann – vor allem in der Nacht – Radio zu hören, und so fing ich langsam an zu begreifen. Ich erinnere mich gut an das eine Mal, als wir die dritte Ouvertüre des Fidelio, dirigiert von Otto Klemperer, hörten. (Nebenbei einer der wenigen Dirigenten, denen mein Freund seine Anerkennung zollte.) Nur wenig später entdeckten wir dann das Hörspiel, was den Beginn einer neuen, diesmal von Anfang an geteilten Leidenschaft einleitete.

Es lässt sich kaum behaupten, dass diese Hörspiele immer von hohem Niveau waren. Aus heutiger Sicht handelte es sich in ihrer Mehrzahl wohl nicht einmal um Dutzendware, doch was bedeutet das schon? Häufig entstanden die damaligen Hörspiele aus Bearbeitungen populärer Literatur oder Kriminalromanen, die überdies mit sehr wenigen Sprechern auskamen. Die Kommissare sprachen immer mit ernster und tiefer Stimme, die Stimme des Verbrechers hingegen war kalt und ewig heiser von den vielen Zigaretten, die er bei den Verhören rauchte. Die Frauen, grundsätzlich überdreht, ja nicht selten hysterisch, waren die perfekten Opfer.

Ein Hörspiel ist eine sehr spezielle Kunstform von einer geradezu erstaunlichen Unmittelbarkeit. Diejenigen, die die Hörspiele in den Radios sprechen, so spürt man sofort, tun dies nicht aus ihrer Rolle heraus, sondern reden direkt zum Zuhörer, bedingungslos und ohne Frage *nur für dich, nur deinetwegen.* Zwischen denen dort und uns Zuhörern gibt es eine einzigartige Nähe, eine Art spirituellen Kontakt und geheime Übereinkunft, die so weit gehen kann, dass man irgendwann vermeint, selbst dort zu sein und selbst zu sprechen, auf dieser anderen Seite der Realität. Ich sehe nicht, wie einer anderen Kunstform so etwas gelingen könnte, außer vielleicht der Musik, von der es heißt, dass sie alles kann.

Damit also verbrachten wir, die schnell herangereiften Liebhaber und Kenner der Stimmen aus dem Äther, unsere Tage, bis ich einen schlimmen Rückfall erlitt. Plötzlich war das Fieber wieder da, hart und unbarmherzig, und mein Verstand verirrte sich in den Untiefen seiner selbst. Ob sich aber das, was in jener Nacht geschah, tatsächlich so abgespielt hat oder lediglich das Produkt einer überdrehten, fiebrigen Fantasie ist, ist mir bis heute unklar.

Alles begann damit, dass auf einmal mein Zimmergenosse das Radio einschaltete und Stimmen zu mir drangen. Viele Stimmen. Sie kamen aus einer dicht gedrängten Gruppe von Menschen, die irgendetwas gemeinsam hatten, was ich aber lange nicht begriff. Erst allmählich erschloss sich mir, dass allen, die dort sprachen, ausgerechnet das weggenommen worden war, was sie im Leben am meisten geliebt hatten. Und es war eine Behörde gewesen, vielleicht auch ein Staat, eine Partei oder die Wächter des Ortes, an dem sie sich aufhielten –

ein Ort, den ich beim besten Willen nicht zu bestimmen vermochte –, welche dafür verantwortlich waren. Die Worte, die zu mir drangen, gewannen nun eine Dringlichkeit und Leuchtkraft, dass mich panischer Schrecken ergriff. Wie hat das nur geschehen können? War die Rundfunkübertragung so einzigartig gewesen? War alles bloß eine Folge des Fiebers? Oder war es das Resultat des Zusammenspiels von beidem?

Die Menschen, die zu mir sprachen, standen jetzt unmittelbar um mein Krankenbett herum. Dabei überraschte mich nicht einmal, dass es sich dabei um Personen handelte, die ich alle kannte. So tauchte mein Grundschullehrer mit hängenden Schultern neben meinem Bett auf und teilte mir mit sanfter, fast unhörbarer Stimme mit, dass er nie wieder die Schönheit der Natur würde sehen können, denn man habe ihm die Augen ausgestochen. Als er zu Ende gesprochen hatte, trat ein Mitglied meiner Musikgruppe vor, das jedoch anstatt zu sprechen ein schreckliches Geräusch mit dem Teil seines Gesichts machte, das einst sein Mund gewesen sein musste. Dem Musiker folgte das Mädchen aus dem Bild, das zu Hause an der Wand neben meinem Fenster hing. Es weinte still in sich hinein, doch ohne dass ich dafür den Grund erfahren konnte. Da bemerkte ich einen Spieler aus meiner Fußballmannschaft, welcher jetzt mit hoher, kaum erträglicher Stimme zu schreien begann, sie hätten ihm die Beine amputiert, um im nächsten Moment in erregtem, beinahe heiterem Tonfall seine Fähigkeiten als Stürmer und die Geschwindigkeit seiner verlorenen Schenkel zu preisen. Einer der Boxer drängte sich nach vorn und ich sah in eine schreckliche Öffnung in seiner Magengegend. Der Boxer berichtete nun, dass sie – er sagte nicht, wer *sie* waren – gewusst hätten, dass der Bauch sein bevorzugter Körperteil war.»Mein Bauch«, verkündete er,»war mein Leben.« Schluchzend eröffnete er mir, dass im Krieg auf seinen Bauch eine ganze Maschinengewehrsalve abgefeuert worden sei, ohne ihn im Geringsten zu verletzen, und dass er eigene Gefühle entwickeln könne und andere Dummheiten mehr, die ich im selben Augenblick wieder vergaß, wie er sie von sich gegeben hatte. Das alles erschreckte mich bis in den Grund meiner Seele. Mein Körper zitterte, ich wollte schreien, dass ich sehr krank sei und mir deshalb diese Art Geschichten verbitte, doch mein Mund bekam kein einziges Wort heraus.

Das Schlimmste sollte jedoch noch kommen: Eine wunderschöne Frau mit schlankem, biegsamem Körper und zärtlichem, seltsam durchsichtigem Gesicht stand mit Tränen in den Augen vor mir und berichtete stockend und mit brüchigem Tonfall, man habe ihr ihre Brüste, die runden und üppigen Brüste, die sie zur Frau gemacht hatten, einfach weggenommen. Und dann weinte sie in einem fort, bis sie mir plötzlich heftig das Gesicht zuwandte und hart und kalt zurief:»Ach nein, warst du das nicht, der ganze Vorträge über die Schönheit der Frauen halten konnte?« Furchtbar erschrocken wollte ich ihr erklären, was ich mit meinen Worten damals in der Schule gemeint hatte, aber es war mir völlig unmöglich. Und da verstand ich, dass es etwas Schlimmeres geben kann als den Tod, und das ist, als sei nichts geschehen, einfach weiterzuleben. Diese plötzliche Eingebung diente mir aber keinesfalls als Vorwand, aufzugeben und mich davonzustehlen, ganz im Gegenteil, sie rettete mir das Leben. Nach ein paar Stunden war das Fieber bereits stark gesunken und ich war auf dem Wege der Besserung.

Als ich erwachte, stellte ich fest, dass mein Freund nicht mehr da war. Es war zwecklos, die Krankenschwestern zu fragen, wo er hingegangen war, zumal er mir beigebracht hatte, dass sie immer lügen, unabhängig davon, ob sie dies mit Vorsatz tun.

Dies war mein schlimmster, aber auch mein letzter Rückfall gewesen. Eine Woche später war ich wieder in der Schule, in der Boxhalle und in der Musikgruppe der Kirchengemeinde. Am Anfang fiel mir vieles schwer, aber in jungen Jahren findet man sich schnell in alles ein, zumal es sich ja hier um Altbekanntes handelte. Mit der Trompete musste ich in die zweite Stimme hinuntersteigen und meine Brüder betrachtete ich mit noch mehr Wehmut durch die Gewissheit, dass ich nach meiner Krankheit erst recht kein Boxer mehr werden konnte.

Ungewohnt freundlich hieß mich mein Grundschullehrer willkommen, wohl auch weil er wusste, dass ich jetzt vieles würde nachholen müssen und dass ich doch manches von dem, was ich verpasst hatte, in meinem Leben nie würde einholen können. Das alles war jedoch erträglich.

Untröstlich war ich allerdings über den Verlust meines

Zimmergenossen und Freundes. Wie sollte ich ohne ihn weitermachen? Es hat lange gedauert, bis ich begriffen habe, dass er mich gar nicht verlassen hat. Wenn ich dies jetzt so sage, so spiele ich nicht auf die vielen Dinge an, die er mir geschenkt hat und an denen meine Persönlichkeit reich geworden ist, sondern ich spreche von einer handfesten, unwiderlegbaren Tatsache.

Gerade erst gestern hörte ich eine Stimme im Radio zu mir sprechen, die mich beschwor, ich solle endlich aufhören, Ärzten und Krankenschwestern Glauben zu schenken, und ich wusste sofort: Es war seine Stimme.

Der Herzog und der Drache

W ir befinden uns nun in einer weit entfernten Zeit, als das Leben der Menschen hart war und gefährlich und so wenig zählte wie die Blätter, die der Oktoberwind von den Bäumen reißt.

Der Held unserer Geschichte, Herzog einer weiten Region im Norden des heutigen Frankreich, reiste gerade zurück in sein Herrschaftsgebiet, nachdem er zuvor sieben Jahre in der Fremde verbracht hatte. Es war Frühling, die Vögel zwitscherten umeinander werbend ihre Lieder, die Luft war frisch und angenehm und das Gras duftete bereits so verlockend, dass er beschloss, eine Rast einzulegen, sich vor sein Pferd auf die Wiese legte und in den Himmel starrte. Schon bald fielen ihm die Augen zu und er schlief ein. Er war erschöpft und die Jahre fern von zu Hause hatten ihn zweifelsohne verändert. Nicht viel war geblieben von dem ungestümen, grobschlächtigen Draufgänger, der seine Heimat an seinem 30. Geburtstag verlassen hatte. Obwohl noch nicht alt, schien er doch geschwächt und zermürbt zu sein und um seine Augen und seinen Mund waren bereits jene Linien zu erkennen, die jedem von uns das Leben irgendwann einbrennt.

Nach einem langen Marsch war das Heer, mit dem er aus seinem Herzogtum aufgebrochen war, um das Heilige Grab zu erobern, auf der anderen Seite des Bosporus in einen Hinterhalt gelockt und fast vollständig vernichtet worden. Von seinen 7000 Soldaten waren ihm nur sieben Gefährten verblieben, mit denen er ziellos in Kleinasien umhergeirrt war, bis er schließlich das Heilige Land erreicht hatte, das damals in der Hand seiner Feinde, der Muslime, war. Als Pilger verkleidet betrat er Jerusalem und war überwältigt von den christlichen Stätten und jener Kulturvielfalt, die ihre Faszination auf die Reisenden aller Zeiten ausübt. Dies war nun auch der Ort, an dem er die arabische Kultur kennenlernte, die von nun an seine allnächtlichen Träume bestimmen sollte.

Selbst jetzt, so nah seiner Heimat, entstanden vor seinem inneren Auge die Bilder der arabischen Frauen, wie sie sich an ihren grazilen Körpern unter ihren Verschleierungen ergötzten, während ihr üppiger Körperschmuck mit jeder Bewegung melodische Töne entstehen ließ. Er sah die endlose, unmenschliche Wüste, die um die Mittagszeit einem Meer aus Salz gleicht und die nachts diese seltsam betörende Beklemmung vor ihrer rätselhaften und unermesslichen Leere heraufbeschwört. Er sah die prächtigen Zelte der Beduinen, dieser leidenschaftlichen Männer, die immerfort mit der Kälte, der Hitze und dem Wind zusammenlebten und die üblicherweise auf dem Boden schliefen, während ihre Tiere aus den Brunnen der Oasen tranken. Er sah die Weisen, die durch die Palasthöfe der Städte spazierten und dabei philosophische und mathematische Fragen erörterten, während die Menge draußen verharrte und ihnen so ihren Respekt zollte. Und er sah sich schließlich selbst, wie er an den Höfen jener

Mächtigen, die die Eleganz und Originalität seltener und wohlklingender Reime zu schätzen wussten, die Gedichte rezitierte, die er in den klaren und kalten Nächten, in denen er von Sehnsucht und süßer Traurigkeit heimgesucht wurde, in jener fremden Sprache verfasst hatte, die er mit so großer Begeisterung und Akribie studiert hatte. Des Umstands gedenkend, dass man nicht ohne Heimat leben kann, befanden die Araber, dass diese Verse mit Tränen geschrieben sein müssten. Seine Träume jedoch zeigten ihn, wie er mit Freunden in den kühlen Innenhöfen der Häuser saß, Dame spielte und Tee trank. Sie zeigten ihn, während er schlaue Höflichkeiten mit den Gemahlinnen und Töchtern der Kalifen austauschte. Oder sie zeigten ihn in den arabischen Bädern mit ihren gekachelten Wänden, Tausenden Liebes- und Kriegsgeschichten lauschend. In seinen Träumen sah er all dies vor sich, doch niemals kamen darin die Bäume oder Menschen seiner Heimat vor. Seinen Gefährten war es gewiss ähnlich ergangen, deshalb verargte er es ihnen nicht, dass sie es ablehnten, ihn zu begleiten, als er ihnen unvermittelt seinen Wunsch zurückzukehren mitteilte. Sehr bewegt und mit großer Innigkeit verabschiedete er sich von ihnen. Und in der Tat, wäre er gefragt worden, er hätte sich eingestehen müssen, dass er selbst nicht wusste, woher der plötzliche Entschluss kam, wieder heimzukehren.

Unterdessen war es spät geworden. Die Sonne schickte sich an, hinter dem Horizont zu verschwinden, und als er die Augen aufschlug spürte er die Kälte der nahenden Nacht. Von Weitem sah er zwei Bauern, die ihre Äcker verließen und sich in seine Richtung bewegten. Dort hinter den Feldern muss mein Schloss sein, wo meine Familie auf mich wartet, dachte er, da standen die Bauern auch schon vor ihm. Er richtete sich auf und fragte sie:»Wem gehört dieses Land?«

»Es gehört unserem Herrn, der uns allein zurückgelassen hat, um die Welt zu erobern«, antworteten sie mit jenen leisen Stimmen, die ihrem scheuen Wesen entsprachen.

»Aber das Herzogtum hat eine Familie, die für es sorgt. Der Herr muss nicht immer bei euch sein.«

»Mein Herr, man kann im Leben niemanden ersetzen, schon gar nicht einen Herzog«, erwiderten die Bauern nach einiger Zeit.

Die auf einmal mit eigenartiger Entschiedenheit geäußerten Worte schnitten ihm tief ins Herz und er musste sein Gesicht abwenden, um die durch sie hervorgerufene Wirkung zu verbergen. Schnell verabschiedete er sich, bestieg sein Pferd und setzte seinen Weg fort. Obwohl es schon fast dunkel war, bemerkte er, dass die meisten Felder, an denen er vorüberkam, unbestellt und von einer derartigen Schwärze waren, als hätte ein Feuer sie verbrannt. Die Menschen, denen er begegnete, wirkten traurig und mutlos. Sie standen mit hängenden Schultern da und machten auf ihn einen elenden, fast apathischen Eindruck. Düstere Gedanken bemächtigten sich seiner. Was war in seiner Abwesenheit geschehen?

Als er schließlich in seiner Residenz ankam, öffnete ihm niemand das Haupttor, niemand half ihm vom Pferd, und selbst als er bereits in der menschenleeren Vorhalle seines Schlosses stand, war niemand da, der ihn hätte willkommen heißen können. Erstaunt und ein wenig verunsichert stieg er die Treppe hinauf und ging in sein Schlafgemach, das er unverändert vorfand, bis auf die Betttücher, die dufteten, als hätte sie jemand eigens zu seiner Ankunft gewechselt. Nur mit einer Kerze in der Hand, die er aus einem Raum im Erdgeschoss mitgenommen hatte, kam er sich auf einmal fremd und verlassen in seiner eigenen Schlafstätte vor. »Was soll ich jetzt tun?«, fragte er sich, als er eine erneute tiefe Müdigkeit in sich verspürte und sich auf das Bett warf, wo er augenblicklich einschlief.

Seine Träume waren nun nicht mehr voll von der gewohnten Schönheit, doch sie erreichten dafür eine ihm bisher unbekannte Tiefe. Sie begannen mit der Schlacht am anderen Bosporus-Ufer, wo er der schrecklichen Verletzungen, die seine Soldaten hatten erleiden müssen, gewahr wurde. Die Köpfe und Leiber, die überall herumlagen, waren von den Hufen der muslimischen Pferde zerquetscht worden und glichen jetzt eher den Überresten von Puppen, die Kinder mit großer Wut zertreten hatten, als menschlichen Gebeinen. Die Luft war erfüllt von den Schreien, den letzten Gebeten und Seufzern seiner Gefährten, während ihre Feinde und Mörder noch immer geräuschvoll ihre Krummsäbel durch die Luft schwangen. Welcher Schrecken sich da vor seinem inneren Auge auftat! Doch das war nicht alles.

Bald sah er die Frauen, die er in jenen Jahren in der Fremde verführt und schmählich verlassen hatte. Er erkannte die wunderschönen, tränenverzerrten Gesichter der Kalifentöchter und erblickte wieder die Freude und die Wut der Beduinenfrauen, die er bei Nacht in ihren Zelten aufgesucht hatte. Doch er erahnte auch, wie die einst so begehrten Körper seiner Liebhaberinnen nun von ihren Ehemännern ausgepeitscht wurden. Es ist schwer zu sagen, was unseren Herzog stärker ergriff, der Todeskampf seiner Gefährten oder die Wunden, die nur die Liebe schlagen kann.

Beim Erwachen fühlte sich sein Kopf so schwer an, als hätte er gar nicht geschlafen, obwohl es doch bereits Mittag war und Sonnenstrahlen sein Zimmer hell durchfluteten. Noch immer war niemand im Schloss eingetroffen, und so ging er in der Hoffnung nach unten, sich wenigstens wieder in die Umgebung einzugewöhnen, die ihm einst alles bedeutet hatte. In einem Gang im Untergeschoss zog er an den Portraits seiner Familie vorbei und während er sie eindringlich betrachtete, versuchte er sich die Geschichten, die sich hinter den Gesichtern verbargen, ins Gedächtnis zu rufen. Die Vergangenheit hatte ihn schon vollständig in Beschlag genommen, da spürte er plötzlich eine Hand auf seiner Schulter. Er drehte sich um und vor ihm stand ein Mädchen mit großen Augen und hell glänzenden Haaren, die bis zum Boden reichten.

»Endlich bist du gekommen«, sagte das Mädchen. Trotz seiner in den Jahren der Fremde erworbenen Fähigkeit, mit Worten zu spielen, konnte er darauf nichts erwidern, und so fuhr es fort: »Wir haben so lange auf dich gewartet, dass wir am Ende selbst dein Gesicht vergessen haben. Was uns geblieben war, war der Klang deiner Stimme und deine Art zu gehen. Die Form deiner Nase, deines Mundes und deiner Stirn aber war uns vollends entfallen. Seltsam, findest du nicht?«

»Wer bist du?«, fragte der Herzog nun erschrocken.

»Du kennst mich nicht? Ich bin deine Tochter. Du hast mich hier allein zurückgelassen, als du fortgegangen bist, die Welt zu erobern.«

»Aber ich habe nie eine Tochter gehabt«, erwiderte der Herzog voller Angst.

»Wie sollst du das auch wissen, mein Vater? Ich wurde nach deinem Weggang geboren.«

Nun wollte der Herzog etwas sagen, doch ein Lächeln des Mädchens brachte ihn zum Schweigen: »Erschrick nicht! Auch nachdem du uns verlassen hast, ist das Leben hier weitergegangen, und glaube mir, Wunder geschehen auch dann, wenn wir sie nicht wollen. Nun bist du hier und du wirst verstehen.«

»Wo sind meine Eltern?«, fragte der Herzog drängend, doch das Mädchen schlug traurig die Augen nieder, verabschiedete sich unversehens und verschwand so schnell, als sei es nie da gewesen.

»Was geht hier vor?«, fragte sich der Herzog. »Schlafe ich und dies ist nur wieder ein böser Traum?« Von dem Wunsch getrieben, endlich jemanden zu finden, der ihm all dies erklären könnte, eilte er nach draußen, um gleich darauf im Pferdestall seinen alten Diener anzutreffen. »Mein treuer Hans, du hast mich nicht vergessen! Komm und begrüße deinen Herrn!«

Aber der Alte machte keine Anstalten, zu antworten, sondern betrachtete ihn mit der Verzweiflung eines Menschen, der sein Gedächtnis verloren hat und gerade vergeblich versucht, sich an etwas zu erinnern. »Aber Hans, was ist mit dir? Erkennst du mich nicht?«

»Mein Herr, ich bin nur hier, um die Pferde zu versorgen, das ist alles, was ich weiß.«

Der Herzog hob noch einmal zu sprechen an, aber in den Augen seines Gegenübers entdeckte er nur eine große Leere und Traurigkeit, und so gab er auf und entschied, ins Dorf zu gehen, um dort die erhoffte Antwort auf seine Fragen zu finden.

Das Dorf befand sich eine halbe Stunde zu Pferd vom Schloss entfernt und zählte bei seinem Fortgang nicht mehr als 300 Seelen. Beim Näherkommen schien es ihm ganz unverändert. Da waren die gleichen niedrigen Backsteinhäuschen, die gleichen staubigen Gassen und dieser Geruch, den nur das Elend und der fehlende Glaube an eine bessere Zukunft hervorbringt. Die wenigen Menschen, die er antraf, schienen ihm, anders als früher, niedergeschlagen und bedrückt zu sein. Und jedes Mal, wenn er sich einem von ihnen näherte, flüchtete dieser wieder zurück ins Haus. So ging es eine Weile, bis er endlich einmal ein Kind in der Nähe des Brunnens festhalten konnte und es ungestüm fragte: »Weshalb wenden sich die Menschen von mir ab? Wovor haben sie Angst, Junge?«

Das Kind, dessen helle und wachsame Augen seinem Gesichtsausdruck eine seltsame Verschlagenheit verlie-

hen, antwortete ihm:»Du bist wohl neu hier, oder wie kommt es, dass du nicht weißt, dass hier ein schrecklicher Drache herrscht, der uns die Felder verbrennt und die Menschen tötet?«

»Ein Drache? Was erzählst du da, Junge? Willst du dich über mich lustig machen?«

»Mein Herr, wenn du mir nicht glaubst, so geh selbst hin, so du den Mut dazu hast. Dort hinter der Anhöhe ist seine Höhle.« Seine letzten Worte waren von einem Lachen begleitet, das noch zu hören war, als das Kind sich längst schon aus dem Griff des Herzogs befreit hatte und im Staub der Gassen verschwunden war.

»Ein Drache! Was für eine irrsinnige und abstoßende Geschichte«, murmelte der Herzog und bestieg sein Pferd, das er alsbald in die Richtung lenkte, die der Junge ihm gezeigt hatte. Aber was so nah schien, war in Wirklichkeit sehr weit und zu einem bestimmten Zeitpunkt schien es ihm, als ob die Bergkette und der Wald sich mit jedem Schritt von ihm entfernten, mit dem er ihnen näherzukommen trachtete. Von der plötzlich hereingebrochenen Nacht überrascht, empfand der Herzog nun die vertraute feuchte Kälte seines Landstrichs, drückte sich fester in seinen Mantel und ritt langsam weiter. Als er nach einer Weile zu den Sternen hinaufsah, die dort hell und gewaltig leuchteten, wurde ihm schlagartig seine Einsamkeit bewusst.»Ich werde mich hier unter einen Baum legen und ein wenig ausruhen, es hat keinen Sinn mehr, weiterzureiten«, sagte er zu sich selbst. Er stieg von seinem Pferd und legte sich erschöpft ins Gras.

Da vernahm er jäh das dumpfe Brausen einer sich nähernden Schar Menschen, unter denen er die beiden Bauern vom Feld, seinen Diener Hans und den kleinen Jungen, den er am Brunnen befragt hatte, ausmachen konnte. Schon standen sie dicht vor ihm und er hörte sie flüstern: »Unser Herr ist gekommen, welch eine Freude! Nun hat unser Elend ein Ende.«

Kaum hatten sie geendet, ertönte die Stimme seiner Tochter: »So viele Jahre haben wir auf dich gewartet, dass uns am Ende dein Bild fast völlig entschwunden ist. Und du? Erkennst du mich? Ich bin's, deine Tochter, die du verlassen hast, ohne um sie zu wissen. Doch fürchte dich nicht, mein Vater. Nimm all deinen Mut zusammen und tue das, was dein Herz dir befiehlt.«

Am nächsten Morgen fühlte er sich seltsam frisch und neu. Er sattelte sein Pferd und ritt so lange, bis er endlich zu der Anhöhe und der Höhle des Drachen gelangte. Und dort vor dem Eingang lag wirklich das Untier, mit geschlossenen Augen und so unbeweglich, als sei es nicht mehr am Leben. Untrüglich aber zeigte der heiße Atem, der seinen Nüstern entströmte, an, dass es keineswegs tot war, sondern nur schlief.

Dies war die Gelegenheit. Ohne zu zögern riss der Herzog sein Schwert aus der Scheide und stürzte sich auf den Drachen, der sogleich erwachte, sich herumwarf und so seinen Angreifer zwang auszuweichen, um nicht von der mächtigen Pranke erschlagen zu werden. Dadurch aber hatte das Untier sein Herz bloßgelegt und dort hinein rammte der Herzog nun erbarmungslos sein Schwert.

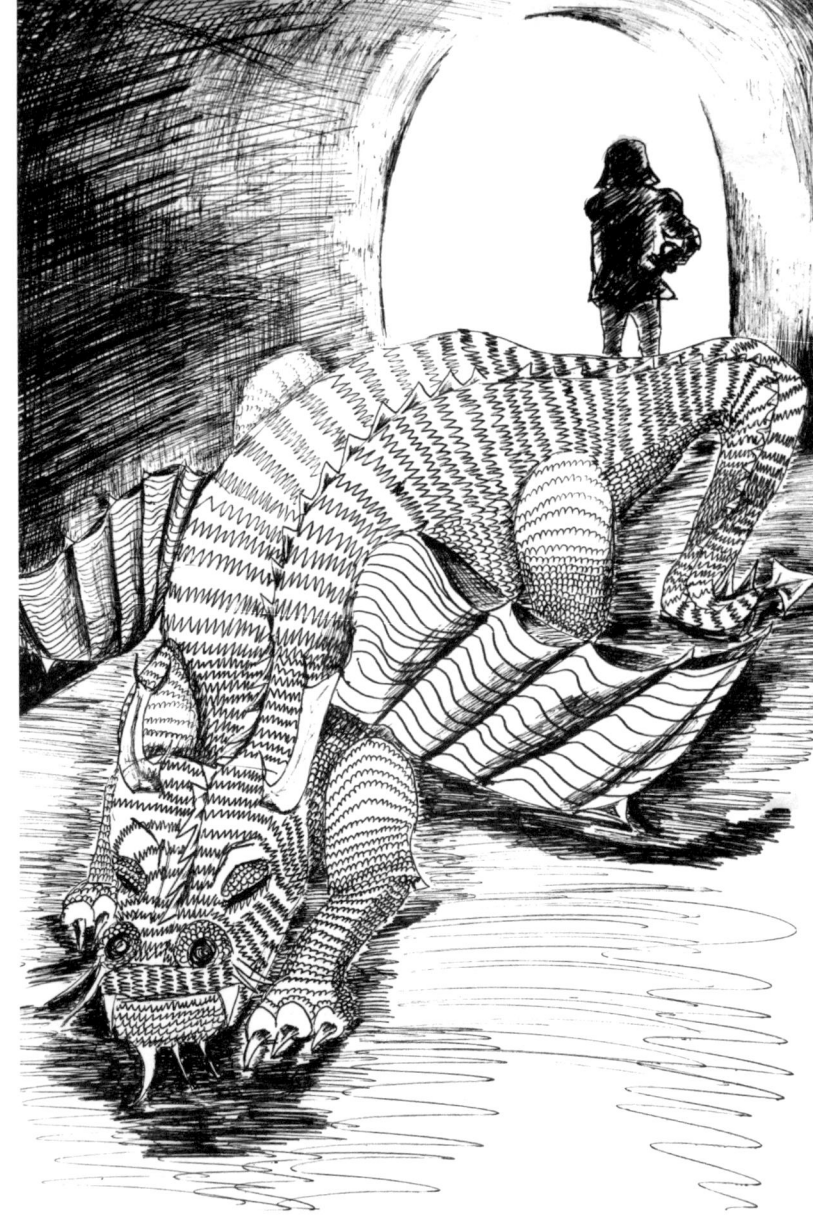

Alles war schnell vonstattengegangen und beinahe mühelos. Erstaunt betrachtete der Sieger des Kampfes, wie sich das Blut des Drachen in Strömen über den Waldboden ergoss, und für einen Augenblick entstanden vor seinem inneren Auge wieder die Bilder der arabischen Frauen, wie sie sich an ihren grazilen Körpern unter ihren Verschleierungen ergötzten. Er sah die endlose, unmenschliche Wüste, die um die Mittagszeit einem Meer aus Salz glich, er sah die prächtigen Zelte der Beduinen, dieser leidenschaftlichen Männer, die immerfort mit der Kälte, der Hitze und dem Wind zusammenlebten, er gewahrte die Weisen, die durch die Palasthöfe der Städte spazierten und dabei philosophische und mathematische Fragen erörterten, und er sah sich schließlich selbst, wie er Gedichte rezitierte an den Höfen jener Mächtigen, die die Eleganz und Originalität seltener und wohlklingender Reime zu schätzen wussten.

Augenblicklich erfasste den Herzog das beißende Gefühl der Vergeblichkeit und eine ohnmächtige Sehnsucht bemächtigte sich seiner, dahin zurückzukehren, wo er so lange glücklich gewesen war. Doch schnell fing er sich wieder und blickte zu dem toten Drachen hin, der vor ihm in seinem dunklen Blut dalag und von dem er wusste, dass er ihn nicht ein zweites Mal würde töten können.

Inhalt

Der Schmetterling und die Rose · 7

Der Engel vom niedrigsten Rang · 17

Der Einsiedler und der Junge · 27

Das Herzjuwel · 36

Das Fest · 48

Der bunt gefleckte Elefant · 59

Die Liebe der Seepferdchen · 73

Der Freund und Zimmergenosse · 85

Der Herzog und der Drache · 101